在你的名字里失序

El desorden de tu nombre

〔西班牙〕胡安·何塞·米利亚斯 著
戴毓芬 译

人民文学出版社
PEOPLE'S LITERATURE PUBLISHING HOUSE

著作权合同登记号　图字 01-2020-7431

Juan José Millás
EL DESORDEN DE TU NOMBRE

Copyright © 1987 by Juan José Millás
This edition published in arrangement through Casanovas & Lynch Literary Agency S.L.
All rights reserved.

图书在版编目(CIP)数据

在你的名字里失序 /（西）胡安·何塞·米利亚斯著；戴毓芬译. -- 北京 : 人民文学出版社，2025. -- ISBN 978-7-02-019137-6

Ⅰ.I551.45
中国国家版本馆 CIP 数据核字第 2025S97L33 号

责任编辑　朱卫净　杜玉花
装帧设计　汪佳诗

出版发行　人民文学出版社
社　　址　北京市朝内大街 166 号
邮政编码　100705

印　　制　山东临沂新华印刷物流集团有限责任公司
经　　销　全国新华书店等

开　　本　890 毫米×1240 毫米　1/32
印　　张　6.125
字　　数　100 千字
版　　次　2025 年 6 月北京第 1 版
印　　次　2025 年 6 月第 1 次印刷

书　　号　978-7-02-019137-6
定　　价　59.00 元

如有印装质量问题，请与本社图书销售中心调换。电话：010-65233595

献给伊莎贝尔·梅内德斯

1

那是四月底的一个星期二,下午五点。十分钟前胡利奥·奥尔加斯从心理医生的诊所离开,穿过贝尔加拉王子大道,走进柏林公园。他身体的动作正和眼神里透露出来的焦虑不安奋力地交战着。

上个星期五他并没有在公园遇到劳拉,这让他沉溺于强烈的失落感,而这股低迷气氛蔓延在整个阴郁、沉闷的周末里。极端的落寞情绪迫使他想象:倘若那个冀盼的身影持续在日子里缺席,他的生活将会跌落至深渊谷底,万劫不复。他赫然察觉生命中的这段岁月,支撑每日生活存在的轴心竟是流转于每个星期二和星期五的那个身影。

星期天,他凝视着面前的咖啡,脑海里瞬间闪过"爱情"这个骇人的字眼,横越过他混乱的心思,在靠近他收藏忧郁的场所,突然整个爆发。他莞尔一笑。

这种情愫竟浑然不自觉地在他性格的某块区域里悄然滋

长。基于过去的经验，现在的胡利奥不想去分析与他意愿无关所产生的行径；然而，在最近接受了罗多医生的心理治疗之后，他重新返回从前的习惯：分析一些发生在个人意愿以外的行为。他不禁想起大约三个月前第一次见到劳拉的情景。那是二月的某个星期二，阳光斑驳灿烂的午后。一如几个月以来，星期二和星期五例行和罗多医生的约诊，总在四点五十分结束。在返回办公室途中，身体迸发的热切渴望席卷着他，突然，午后的这片色彩吸引了他的目光。春天的气息轻盈漫舞。于是，他想打破往常习惯的路线，改成穿过柏林公园，在里面散步，享受舒适的感觉。周遭的气氛仿佛正与他分享当下心灵深处的悠闲。

公园里到处可见带着小孩来晒太阳的家庭主妇。胡利奥立刻在人群中瞧见了劳拉。她坐在椅子上，和两位太太聊天。她的脸和身材看起来虽然普通，却给他似曾相识的感觉，并且带有晦暗的迷蒙，让人觉得有什么隐喻似的。她外表看似三十五岁左右，整齐不乱的垂肩长发，在发梢处卷起，因而打破秀发的单调划一；这发型让胡利奥联想起所谓的顺从。卷曲的波浪，除了可以打破规律性，更具有强调作用。她的眼眸，看似平凡，却有深邃慑人的魅力。而双眸与嘴唇搭配一起时，流露出与人共谋及使坏女人的味道，不经意地达到诱惑的效果。她的身体曲线缓慢地在臀部扩展，却没有不匀称。虽然纤瘦，也不会让人感觉是少女的身材。尤其当她已是成熟女人却还拥有这般体格。

胡利奥坐在附近的椅凳旁，摊开报纸，却专注地观察她。随着时间的推移，忐忑不安的心情逐渐增加。那女人拥有的莫名特质和他自己的竟如此相同，他发现自己因此所迸发的激动，正强劲放肆地侵蚀他；也或许这种感觉属于尘封已久的逝往。她的一颦一笑，摆动身体的模样，或是心情的起伏变化，从那天开始，成为他每个星期二和星期五下午五点现身这个公园顶礼膜拜的唯一理由。只是那么单纯地想前来凝视她的倩影。

终于有个下午，她独自一人，胡利奥借机在她身旁坐下，佯装看着报纸。不久后，他从烟盒里拿出一根烟，在将烟盒放入口袋、犹豫着是否要请她抽烟时，径自往她眼前一递，她毫不别扭地点头，并欣然接受他为她点烟的仪式。胡利奥深呼一口气后，为彼此的聊天开场。话题里尽是两人曾经去过的地方，因而很容易打成一片。奇怪的是，两人的言谈都是一些言不及义的普通话题，仿佛主要目的只是保持交谈的状态，与内容一点儿也不相干。

胡利奥马上发现他的紧张不安消失了。自从他初次看到她开始，便直觉地相信，彼此交谈中的共同兴趣会为他带来平静的喜乐。他也认为，他们两人的言语可以汇集交辉，分泌出一种活跃充沛的物质，成线结网，将双方的共同点凝聚镶嵌。

公寓住处散乱的涂写纸张及物品给人窒息的落寞感。胡利奥想起发生的这一切，虽无法置信，却有满足的喜悦，一种激奋人心的情绪，让人享受咀嚼此滋味。仿若喜悦的甜蜜，不需要仰赖此高昂情绪就存在的念头在脑海盘旋着，但随即被混杂着讽刺和幻灭的暧昧微笑所淹没。

后来，他和她每星期二与星期五的相遇，几乎与第一次如出一辙，倒是多了经常和劳拉聊天的几位朋友。若说这样的参与令他在意，似乎是有些夸张；但他渐渐地和她们形成一个和谐的族群，并觉得自己深受重视。

他和劳拉的关系秘密地发展，而且并不需要以单独相处的方式进行。在他们双方的意愿下，这层关系隐秘且了无痕迹地结合了。

胡利奥意识到情感的增进，但却不担心。他认为与劳拉的关系只是一种内在的经验，而这个经验建立在一个外在的公园环境里面的知性相遇。在任何时刻随时可以拂袖而去，且不会抵触他的理念。因而每个周二和周五，他心中毫无忌讳地和劳拉及她的友人高谈家务事，并由他发明的家务事衡量单位来评断每项琐事的轻重标准。例如：在客厅的沙发上翻倒咖啡为两个单位；若小孩感冒加上发烧为十个单位；夫妻吵架的单位计算，则根据两人紧张的关系情况而定，介于十五和二十单位之间。有时候他们会颁发象征性奖章给在一个星期内累积得分最高的家庭主妇。

她们自我解嘲的能力，与经常对丈夫严厉残酷的批判，让胡利奥为之着迷。他对她们同情的声援——除了是一种友谊外——亦成为他的一项策略，这允许他可以陪着劳拉，并给予她公园里女性友人明确的精神支持。

当他们聊天时，孩子们远离大人自个儿玩耍。通常大人并不干预，除了小孩为争夺某项物品或挑衅行为发生时，妈妈们才以惊人的速度但不合理的方式解决问题。劳拉有个四岁的女儿，叫伊内丝。有时候，伊内丝会来接近胡利奥。她的眼底辉映着一潭不安，成为胡利奥与劳拉没有表明的秘密关系的无意识参与者。

他们的秘密关系持续滋长，直到上个周末，胡利奥才惊觉到它已占领的实际面积。星期五的例行相遇没有劳拉的出现，使他的心思滞留，无法飞越煎熬的周末前往星期一。

四月底的这个星期二，经历了周末三天的躁郁不安后，他怀着既期待又恐惧的情绪进入公园。在寻觅恋情之中添加踟蹰与忧虑的佐料，完美地与周遭气氛融合，前来回味先前的滋味，或许是爱情的甜蜜，也或许是苦涩不幸。

他在经常和劳拉相遇的地方瞧见了她，旁边是这个人烟稀少的小公园内唯一的一株垂柳。他深深吸了一口气，试着演练出一副漫不经心的态度。伊内丝远远地看见了他，但在他还未向她伴装示好时，她早已转过身去。

"你好，劳拉。"他一面问好一面坐下。

"你好。你有没有带报纸来？"

"有。"

"借我看一下。"

胡利奥将报纸递给她，她把手边事情搁置一旁，开始翻阅报纸，好像在寻找什么讯息似的。胡利奥情绪平和，面对着她的身影。奇怪的是，情爱的心境或需求的渴望并没有预期的那么高涨。

他们独自坐在那儿。那是一个美丽的下午，美丽得使人发愁，因而轻易地令他想起几个月前他的孤寂犹如生活中任何一件偶发的事故。而这持续偶发的事故，将与生命中其他的情形一样，都会走到尽头的。

"上个星期五怎么没来？"他问。

"小孩生病，应该是春天流行性感冒。"

"我这几天也感冒了。她有发烧症状吗？"

"有，三十几度。"

"这样应该可以颁发十个家务事单位。你的朋友们呢？"

"她们带小孩去看电影了。"

"那你怎么没去？"

"我不想去。"

两人相视而笑。

"你要找报纸上什么消息？"胡利奥停顿一下后问她。

"没什么，只是电视节目罢了。"

"伊内丝看起来很不错，很漂亮。"胡利奥边观察着一定距离以外的小女孩边做评论。

"是啊！"劳拉露出致谢的微笑。

胡利奥继续凝视着伊内丝一会儿，表面上对她的游戏感兴趣，事实上他脑海里正想着，发生在他和劳拉之间的这些日常对话，很难赋予一个名称。若有所谓的交流，并不是只由嘴巴言语传达，也不是只由眼睛神情传递，虽然两者的确扮演着决定性的角色。交流，或是言语的对谈，只是一项扩散出来且无法寻找定位的事件，而且通常与说话者的意愿背驰而行。尽管如此，胡利奥仍可感受到交流的结果,它凝聚成一个焦点,化身为对劳拉的欲望,而这个欲望混乱失序地生长。这是一个他内心不曾知晓或早已遗忘的热情活动。

因此,当她说要先行离开时,胡利奥感觉一阵痛苦如当头棒喝,使他平日熟练的捍卫伎俩一时之间无从施展。

"你不要走好吗?"他说,"我现在很苦闷。"

劳拉露出耐人寻味的微笑,将胡利奥心头承载的戏剧性情绪淡化。

"你马上就会没事的。"她的眼神和嘴唇一起言语。

她站起来,叫着伊内丝。胡利奥仍坐着不动,表现出一副失神落魄的模样。

"你星期五会来吗?"她问。

"我想会吧!"他答道。

2

翌日，胡利奥一大早醒来发现自己生病了。收音机闹钟播放的一首变调情歌把他从郁闷窒息的睡梦中唤醒。情歌的副歌过度地发挥，不规律及微弱的音节拖曳着整首曲子，让音符仿佛充斥着凝结的板块。

他痛苦地起身坐在床沿，随即死命地咳嗽。此外，他习惯性的抽痛在这天也同样在胸膛部位轻缓地撞击。关节附和共鸣着传递苦恼的讯息，宣示着躯体的沮丧状况。尽管如此，胡利奥还是迟缓地走到浴室。镜子前面映照出一个苍老的影像。在洗脸槽边，他猛力咳嗽，使他在自己的憔悴面容前更显得卑微。

冲澡后，他觉得好些了，所以想借由服用感冒药让自己一整天可以舒服点儿。不同于平日上班前的迅速动作，此刻的他，呆滞迟钝地刮着胡子。他察觉喉咙和胸口异常疼痛，因而确定感冒已经在他的体内蔓延，并开始荼毒他的肌肉系统。刚刚洗完澡的片刻舒适，却在刮胡子的时候就消失殆尽。

他想准备早餐，于是往客厅走去，客厅角落有个倚靠在墙壁的小厨房。他一再用力吞咽口水，来测试喉咙干涩的情况。

结果真是糟透了。

手中终于端着咖啡坐了下来。一阵发汗猛然袭击，立即使他陷入生死攸关的紧张状况；无依无靠的情绪压倒他，使他跌落在沙发里头。

他放任这阵狂澜肆虐，点根烟抽了起来。当烟雾袅袅穿越咽喉，他感觉撕痛横扫全身。这时悬挂在墙上鸟笼里的金丝雀歌吟出的声响，像是发自一层层环状的管子所构成的一个内部幻想空间，往他身上倾滑下来。他对着直视着他却缺乏意见或评估判断力的鸟儿高声喊道："我想我发烧了。"尽管笼罩在发烧的症状下，他还是一副无所谓的模样，这让胡利奥自己感到有些不祥；于是他尝试以另一个也是一样简单的句子来击破自己这不在乎的态度："或许我不应该去上班。"鸟儿还是既不支持也不排斥他的想法般地看着胡利奥。"你真像只画上去的假鸟。"他低声说。他内心带着迷信的恐惧，唯恐鸟儿拥有超自然的神奇魔力。

喝了第二杯咖啡后，他下定决心窝在床上。这个决定让他萌生一股不寒而栗的快感，在发烧症状影响最深的身体部位油然而生。他观察着他的书桌，那儿是"想象的作家"（他自己本人）劲笔疾飞地在一大捆稿纸上书写精彩故事的地方。他心想，也许发烧是一种对写作活动有所帮助的良好支撑。

他在家中各处角落寻找感冒药，这让他解闷了好一会儿。他不再感到烦躁或是不安。做了要留在家中休息的决定后，就可以安逸地待在家里静养几日，甚至若是感冒的病情恶化，也未尝不可。

他犹如一个青少年似的，把感冒当成一次探险经历。他打了通电话到办公室给秘书。

"罗莎，你知不知道我昨天身体不太舒服？"

"不知道。"

"因为你从来都不注意我。"

"我不知道你是谁。"

"我是胡利奥·奥尔加斯啊！"

"你的声音怎么那么沙哑！"

"我快死了！"

"怎么了？"

"我的胸口和喉咙好痛,而且还有发烧症状。"

"发到几度?"

"不知道,两年前也有过类似情形,在量腹股沟的温度时,温度计坏掉了。"

"你家里有阿司匹林吗?"

"有一种和阿司匹林类似的药片。"

"你现在马上叫医生到家里去替你看病,并且躺在床上让身体出汗。换掉你现在夸张的声调。你们男人一感冒就觉得自己要死掉了。"

"办公室若有重要事情打电话告诉我。"

"好的,你不要担心,我想没有你我们也可以照常处理事务。"

"谢谢你!罗莎!"

"没事!没事!好好照顾自己。"

通完电话后,他浏览了一下书架上的藏书,从中抽出一本小说。这本小说是两年前一个女人在发生意外之前送他的礼物。从那时起,他因为莫名地迷信禁忌,遂将它束之高阁。此时,因为发烧的恍惚产生不真实的迷幻感,使他可以面对这本小说。外面的天气既湿热又昏暗,待会儿可能会下雨。他很不希望下雨。拿着书钻进被窝,觉得好幸福。真是幸福！

在开始阅读小说前，他想起劳拉。该说是一种幻想吧。紧接着，试图弥补对过去的不公平或寻求此刻的平衡，他也忆起特雷莎。就是她，在发生车祸之前，把现在他要阅读的这本小说送给了他。直到她去世不久前，他和她有一段维持了四年的激情。情感结束的日期恰好在他四十岁生日左右。那时他和妻子分居，面对日子的紊乱变化，他不得不连续好几个月去看心理医生。薪水被分割成一块一块，只为了心灵内部整合的希望。有时候，他觉得希望似乎一蹴可就。

他一路阅读下来，到第二章时，发现小说内有画线的记号。应该是已去世的她当初想借此把讯息传递给他。然而，两年后他才接收到。一股愧疚感油然升起。但是这感觉随即又自然地转换成宁静。

随着阅读的进展，他不断寻觅着画线的句子；记号标示的讯息，是令人疑惑的，却也是可感受到的。他察觉到一股侵略的行动的进入，有一些蛛丝马迹显示屋子内部已被搜索过。顷刻之间，周遭气氛——甚至包括他胸前心脏跳动的起伏——都给人一种被掌控的印象，有为某种确切目标而行动的感觉。

他没有心思细读，只是继续一页页地翻下去。直到看到一段由红笔画线的文字才停止。被画线的内容其实平庸无比，使得胡利奥得重复阅读三次，试图找出印记想传递的秘密。

瞬间，先前的被侵袭感将他整个人淹没。他把书搁置一旁，合上双眼来面对这侵袭。于是空气凝结成沉重的气氛。家中客厅的某个东西似乎变动了位置，连耳朵都听得到碰撞所产生的激烈振动。

他趴下，接着想吼叫，那儿发生了什么事？只是声音被堵塞在喉咙发不出来，话语于是被迫滞留在脑海里环绕。意志加上本能的推动，促使他起身，冲到房间门口，往客厅探头一望，鸟笼的门是开着的，金丝雀并不在里面。惊吓的鸟儿，笨拙地来回飞着，撞击着墙壁和另一头的玻璃窗。

胡利奥的呼吸慢慢恢复正常，他得等待鸟儿精疲力竭才能去抓它。终于，鸟儿掉落在墙壁和书架侧边之间的角落。他忧虑地靠近，连抓了它三次才成功。金丝雀的心脏跳动着恐惧，它的害怕从眼神里流泻出来。他小心翼翼地把它放回笼子，确定鸟笼关紧后，全身瘫软地返回房间。

于是，那股被侵袭感骤然停止。片刻之前还占领周遭环境的力量，逐渐地销声匿迹。几秒后，一切如常。

他再度钻入被窝，并将小说放进床头柜的抽屉内，不想再看到。闭起眼睛，心中浮现出特雷莎的身影，勾勒着她的特征。只是特雷莎的这些特征却悄无声息地呈现变化，随之产生轻微的形象更动：劳拉的容颜在光亮处跃起。好一会儿，他不知如何分辨两者的脸庞，仿佛同一个人有两副不一样的容貌。这一新发现令胡利奥很诧异，这感觉与发烧昏眩的滋味混杂在一起。四十二岁了，或许除了年少时期以外，他一辈子不曾相信人会有一次以上的生命轮回；更不认为会有一种安排与所认知的截然不同。不论发生的是好或坏，人始终受命运支配行动着。

所有一切，在他认识了特雷莎·萨格罗之后改变。至今他仍不明白，当初为何那么疯狂地爱恋着她。许多的午后，他们在地下酒吧或是在旅馆幽会。这些场所仿佛是为拍摄影片所搭建的布景，营造出的效果让人产生一切皆虚构的感觉，从接待处到浴室的蟑螂都如电影道具，虚幻不真实，一如他们的情感关系，不容于现实世界。

那段岁月，在唤作爱情的疆域之下，欢愉与焦虑并存。口才从不是胡利奥的优点，也不是他的短处。然而他清楚记得，自己总是在改变了他生活的约会的下午，滔滔不绝地逞口舌之快。

特雷莎的存在是一个晦暗的影子，一如她深色调的五官相貌：暗色的眼眸和发色。而且，于眼发之际缠绕穿梭着的想法亦晦暗不明。这激起了他与难以结合的事件建立逻辑关系的欲望；而这个玄妙的融合的想法源自情感的分泌。

与特雷莎·萨格罗的交往让胡利奥表现出令人诧异的创作天分。至少他认为凝聚的创作能量可以提供给想象的作家（他本人）。而作家的未来命运，则由他的生命全权掌控。而这种创作灵感，在很多个人重要的兴奋的时刻可以达到天才的境界；他确定这一切得归功于特雷莎所拥有的魅力。她身上晦暗的动脉血管所奔流着的，经由爱情的催化作用影响了他。他的天分可从午后的约会充分显露出来，虽然并非每个下午皆能突显。在那段岁月里，他迷惑地以为自己与绝对的世界有着一种相似的经验、猜臆的预估和窥探的关系。

脆弱的、轻浮的、苗条的她迟到了十分钟前来赴约，携带着满溢的崇拜与爱意翩然到来。她以眼神拥抱住胡利奥，使他无视周遭事物的存在；他感觉到独一无二的空间里驻扎了一个姓萨格罗的女子，或者是名叫特雷莎的她。日子的流逝毫无迹象，很多时候根本没有察觉光阴已经消逝。秘密的幽会和粗陋的场所从未让他们感到不快活；两个人的关系从未被每日生活里层出不穷的困窘与卑劣所污染。

他们经常选择在退休老人和年轻人出没的酒吧见面。而总有奇迹前来招手呼唤。在第一次约会的酒吧里，胡利奥展现了他侃侃而谈的功力。偶尔，他得暂停数秒，耽溺于自己的才智；咽一下口水，并品尝特雷莎眼眸绽放的朵朵晶灿光彩。有时候，特雷莎将她一直隐藏在桌子底下的手伸上来给胡利奥舔。胡利奥舔得陶醉忘我，那是一种神秘的魂魄颠倒所爆发的幸运快感。

在旅馆的欢愉亦是不减。两人下午的相聚由无数个持续与永恒的刹那连缀而成。幸福到令人害怕惊愕。两人缱绻在小小的房间里，依偎在远离床的地方；面对面伫立着，茫然困惑地凝视彼此，同时也被接收到的对方散发出来的巨大欲望所震慑。胡利奥抚摸着特雷莎的颈部，并将她宽松的毛衣往侧边拉，这样一来，他可以瞧见她肩膀上那条保护及托着乳房的胸罩所连接的细带子。紧接着，两人在房间里只意识到彼此肉体的存在。他们不知道自己所拥有的性爱潜能；在思维的想象范围，竟然实践了久远以前的性爱幻想；玩玩青少年时代如奴隶般卑躬屈膝的爱情规则；

也玩玩在掌控之内的摧残游戏。特雷莎的器官在性爱嬉戏中成为兴奋所在中心，化为淫声浪语，一阵阵波涛汹涌。性高潮常发生在地毯上做爱的时候，或在没有料想到的交欢方式时。肉体表现出意想不到的能力，甚至连想象力也无法抵达那境界。胡利奥将此结果归结为生命里令人眷恋的幸运。只有极少数女人具备这种诠释能力。虽然她们诠释的方式可能非常类似。

然而，景象的完整性也得归功于另一个不可或缺的调味剂：痛苦。若没有它与欢愉相互交织，也无法突显由两者共同孕育出来的爱情的珍贵性。可以肯定的是，他们既没有因此成为神，也没有因此创造出一个足够奇妙的空间，可以阻挡一些确定的需求进入，进而摆脱它们。往后，胡利奥体验出，爱情的奥秘在于，随着时间的推移与发展，其先天不足将在属于它的空虚里崩溃。

在恋爱关系的开始阶段，痛苦代表纯粹的一面，它将忧伤思绪或情感裂痕如佐料般添加于恋人快乐的相遇中。这是每个爱情故事所需要的元素。就是这样，十月一个下雨的午后，他们在一家陈旧的酒吧，里面的老人喝着加了牛奶的咖啡和水。气氛是如此沉重，使得当日的对话鲁钝而不流畅。

胡利奥的言语凝结成块状，因而无法顺利将他的内心传递；他感到胸口郁闷压迫难以呼吸，立刻知道是痛苦在挥拳袭击。他企图用过去面临类似的状况所习惯采取的方式来平静自己。于是，他注视着吧台的一个点，接着目光静止不动，仿佛一只爬行动物正窥伺着它的猎物。如此一来，焦虑的状况有所好转，以同心圆绕圈方式往胸部外缘扩散开来。

特雷莎察觉到异样，她缄默不语，静待演变结果。随后，她提议离开酒吧。外边正下着滂沱大雨，尽管当时已是秋意盎然，那阵季节雨却带有浓郁的春天气息。他们往胡利奥停在附近市区街道上的车子跑去。到达车子那儿时，两人虽全身湿透，却洋溢着快乐。雨点打在车上的韵律，增加了避雨的需求及孤寂的感觉。毋庸置疑的，这就是他们所渴望的情境。胡利奥之前的痛苦已经退却，甚至转成愉悦的情绪。焦虑虽靠近这对恋人，却也将他们拉近撮合；如同激情之火趋近使恋人结合一般。

几分钟之后，或许是通风的缘故，也或许是感受到身体散发的热度，他们赫然察觉车窗里面起了雾。他们被隔离了，而令他们高兴的是，外头雨势持续加大。他们开始亲吻起来，舌头和嘴唇的接触，拉近彼此的距离。特雷莎穿了一件领口敞开的薄毛衣,让胡利奥可以轻易地看见两条内衣的细肩带绕过她的肩膀。胡利奥的手以不可思议的魔力抚摸着特雷莎。渐渐地,在过程中她的双手绵软无力招架。他贪婪地看着她无助地瘫软、摆动,回报给胡利奥千倍的快感。在特雷莎无数次爆发的兴奋里,她望着胡利奥的眼睛,他在她的眸子里瞧见了痛苦的迹象,这与胡利奥自己的痛苦互相辉映,一起将受苦升级;这是达到至高无上的享乐境界不可或缺的条件。

那天发生了一件奇怪的事情。当胡利奥无法再忍受欲望折磨,放下座椅以便进入她体内时,她的呻吟声里竟传出:"我刚看到一个奇怪的男人。"

胡利奥立即朝窗外一瞧,但是除了斗大的雨滴,看不清楚任何东西。浓密的雨点使得外界更加模糊不清。对面人行道上走过一个撑着巨伞的身影。他立刻清楚,特雷莎话中所指的其实是当天其他时刻见到的影像。那时她和现在一样失神。所以,她说的话并不是针对此刻在车中看见的情景。只是,那句话深深烙印在胡利奥的道德良知里,成为对所有婚外情一种不确定的追赶,并赋予其最佳的诠释。

痛苦并未削弱幸福的滋味,反而可巩固幸福,甚至将后者推到胡利奥无法想象的程度。而一个不会有结果的爱情故事，完全体现在那令人玩味的不安情绪之中。

随着时间的推移，愧疚感渗入焦虑情绪里；无法分辨两者之间的差异，双方并驾齐驱。然后，愧疚感开始缓慢地侵蚀焦虑，导致两者演化成为沉默。一天，胡利奥在特雷莎的颈处神魂颠倒时，她突然说："请不要在我的脖子上留下任何痕迹。"她的请求顿时使冲动的欲望有效地被抑制。胡利奥觉得一点儿意义也没有。因为他在这方面总是非常谨慎小心。尽量在可行范围内，施点儿小花招，增加兴奋快感。爱情对他来说，是一些古老幻想的代言；随之而来的是激情举止。但行径则必须吻合参与者所遵循的规范。此外，在已婚妇女的肌肤上留下印记，无疑是对她先生的一项冒犯；或是宣示与对方共享其妻子。胡利奥憎恨这种态度。他认为情人虽占有某些优势，若将此特权公开宣扬则是不合法的。

从这个观点来看，即使是单纯地想去否认，仍可察觉到对彼此造成的损伤。胡利奥还是不可避免地造成约会的失败。有一天，他们决定去看电影，虽然彼此都没有明示，却想改变一下约会的口味。在那之前，他们约会的地点一直都是隐秘的酒吧及旅馆。他们选了一家位于市区的电影院，因为特雷莎喜欢电影院放映的某部电影的片名。胡利奥提前两天买了票，并将其中一张给了她。为了安全起见，他们不想一块儿进电影院。两人直接约在电影院里面，待灯光昏暗后才碰面。

那日胡利奥迟到了十分钟。到场时，服务人员领他到座位上。特雷莎也还没到。他试图集中精神专心看电影，但是马上联想到她或许在观众席的某处。整个电影院座无虚席，唯一的空位就是他左边给特雷莎留的位子。他开始偷偷地观察周围的脸庞，看到的却是一张张黑暗中黝黑的面孔。心中的愧疚感油然升起。原因是他心虚地想象着看到认识的人的脸孔。分秒流逝，特雷莎仍未出现。她的缺席让他觉得这是一桩丑闻。在黑暗且沉寂的电影院里，空位成为他们对婚姻不忠实的最佳证明；此次约会的错误，亦由两三种迷信的行径得到确认。这时左边有个影子艰难地穿过一位位观众往他的方向移动，身影在他旁边的位子坐下，但两人都没有转头去和对方打招呼。

几分钟之后，胡利奥感觉较为平静了。他的眼睛盯着屏幕，手则伸去触摸邻座的手肘。幸运的是，对方予以期待中的挑逗响应。光线乍明时，他发现旁边的人并非特雷莎。或许是她的一位朋友，也或许是她派来给他当礼物的女人。

这个想法令他兴奋。先前的忧虑烟消云散。掩饰在风衣下熟练的手，一会儿工夫便带给他无比的快乐。他想，所有的婚外情注定面临这样的反复经历。当不正常的男女关系开始僵硬、制度化后，病态的不忠实也在此时出现。他一言不发地想着："生命就是这样，在一条疯狂的道路上朝向永远伫立于那儿的目标奔驰。有时候，目标甚至处于死亡之后。"

他的手成功地从裙摆游离至腰际。而她的右手则停留在他身体最私密处。当一个突发事件乍然出现，例如闻到香水气味，银幕有些什么情节，附近观众的动作，等等，都让人急遽地从云霄的欢愉回到现实的不安。有被迫害的感觉。于是他伸回正在抚摸她的手，将身体坐正，不再紧贴着她。他的突然改变令对方沮丧失望。她不发一语，立即起身离去，这既让胡利奥感到羞愧，也让他松了一口气。

有一段时间，胡利奥和特雷莎都未主动联络对方。终于有一天，胡利奥打电话到她的办公室，约下午见面。重逢有些紧张，也不再同往昔一般。胡利奥告诉她自己已经和妻子分居了。他的告白并没有让人觉得他重获自由与独立的喜悦，反而传递出无所依靠和孤独的落寞。

"你们为什么分居？"她问。

"嗯，"他说，"是她的意见。事实上，她老早就提出了，只是后来我开始和你来往，让情况有所缓和。但随着你我之间的嫌隙出现，婚姻对我已毫无意义。"

"这么说来，出轨是维系婚姻家庭的基础。"特雷莎残酷地指出。

胡利奥发现过去和特雷莎在一起时的雄辩口才已消失不见。那段时间，滔滔不绝的特质为他的聪明才智增添几许魅力。然而此刻已不复存在。另一方面，这个带着指责意味的女子，在见到他时，并未表露出愧疚感或是缅怀过往的惋惜。所谓的愧疚感指的是，她是让双方感情破损的肇始者；而缅怀过往则因为无法再度重现那几个星期间的午后约会。他们尴尬地道别，甚至没有亲吻对方。胡利奥企图在结束的时候挥洒戏剧性的色彩，他说：

"我想拥有你的某样物品。"

特雷莎的微笑里带着嘲讽。她从自己的袋子里拿出一本书。

"给，"她说，"这是一本小说，我还剩最后一章没看。但是现在我已经没兴趣将它看完。"

胡利奥回到家后，把小说摆入书架，打开电视，坐下来消磨时间。

几个月后,他接到一个女人的电话,称是特雷莎的朋友,约他在市区一家酒吧会面。

"特雷莎去世了。"她说。

"你说什么?"他惊愕地问。

那个女人叙述着特雷莎死前一段时间和某位男性交往,并常和他一起喝酒买醉。

"上个星期,"她说,"他们从郊外的旅馆回家时,车子撞上了弯道。特雷莎的先生恳求较亲密的亲友不要通知其他人前来丧礼。她曾多次对我提过你这个人,所以我知道你的存在。我想你有权利知道她去世这件事。"

"谢谢你,"胡利奥说,"那他呢?"

"谁?"

"那位和她一起发生车祸的先生。"

"整个身体都撞伤了,还在医院里疗伤。不过应该没事了。"

"你有他的电话或地址吗?"

"好像有。你等一下。"

那个女人翻了一下她的袋子,取出记事簿,在纸上抄下地址给胡利奥。他拿到手,却不明白自己为何提出这个请求,但还是把纸条收好,并问了最后一个问题。

"发生车祸时是谁开的车?"

"他。"

他疲惫地走出酒吧,如同耗尽所有元气一般。外头天气寒冷,地上一片脏乱。他往停放在附近的车子走去,觉得自己仿佛经历了情感生活中的最后一次重要活动。回想过去四十年来——按时间顺序——他曾经放弃过的事物,顿时感觉自己好脆弱,也好无力,有想哭的欲望,但他还是忍住了滚动的泪水。

在等待红绿灯的地方,有人跟他要烟。他眼睛盯着挡风玻璃,口中骂起脏话。这时候,远处似乎传来《国际歌》的旋律,声音逐渐靠近,但是胡利奥不知道它到底是从哪儿传来的。音量达到了极点,好像歌声和乐器都隐藏在车子内部某处。他来回张望寻找,这时音乐突然止住。

接下来的几个星期,他几乎要疯掉,仿佛发现自己得了不治之症,时光所剩无几似的。他把不多的财产做了分配,并写了一封冗长而荒谬的信给儿子,存放在律师那儿,等他满十八岁时才可拆阅。

他经常在深夜醒来,无端发现眼睛湿润、喉咙干渴,胸口被囤积的痛苦挤压。一种巨大的虚弱感占据了他的全身。他常常觉得,行走在街道上却没有发病猝死,是一种奇迹;

星期天的下午没有遭受决定性爆发的胸痛袭击而侥幸存活下来，也很值得庆幸。

《国际歌》的旋律好似躲在脑部皱褶里，一直沉睡着，却在不该苏醒的时候骤然醒来，然后徒步飘向胡利奥。他像参观表演一样，睁大双眼，而眸子背后是古老的旗帜以及早已遗忘的悸动。

很快地，他明了自己还不会就如此告别消失，至少还不会轻易被他人埋葬。因为显现生命终结的特征尚不足变成一幅尸体的蓝图。他注意到自己正在消逝，然后另一个自己紧接着死而复生。新的自己篡夺旧的自己的躯体与工作，并进驻他居住的地方，摄取与他相同的嗜好。

他逐渐地认清这个事实，并开始了解维系改变的主轴在于——除了尚未失去先前的自己，还增加了其他特质在这个新生的自己身上。当他估计蜕变的过程进入尾声时，便到律师公证处，取消在面临转变当时所做的安排，并把住处的家具变动位置，重新调整工作节奏——更有效率但更加冷漠。而新的工作态度使他在短期内就获得了升迁和赏识。

随后，他遇到一场没有预料到的危机，严重影响到他的胃和头。经由医生建议，他去接受心理治疗。也因此让他有机会认识了劳拉。总之，一切事情似乎在冥冥之中互有牵连。至少，都成为通往他生命中不同片段的序幕。

现在，最后的侵袭迹象已完全消失。鸟儿也渐渐平静，不再在笼子里紧张地飞来飞去。他陷入一种迷思，将特雷莎和劳拉的面容和身材叠加在一起，进行比较。很奇妙的是，越发现她们之间的差异，越突显先前将两人莫名联结在一起的相似度。他心想："我恋爱了。终于明白为什么初次遇见劳拉时会有似曾相识的感觉。"

他闭上双眼，缩起身体，在发烧的热度笼罩下，在睡梦中兴奋地回忆公园那名女子的倩影。

3

闹钟一响,劳拉立即紧张地坐起身,关掉闹钟,凝视熟睡中的先生片晌;他一身皱巴巴的蓝色睡衣盘在床的中央。

她走到浴室,沉重的眼皮仍未撑开,就站在镜子前面凝视着自己刚醒来的模样。她尝试从旁人——确切地说是从胡利奥——的角度来审视自己,在她丈夫卡洛斯身旁睡了八个小时之后,是否仍保持着她迷人的风采。镜子并没有照出起床后嘴巴散出的气味,也没有反映空腹的焦躁疼痛,更没有映出她吸收了丈夫日益滋生的脂肪所释放出来的汗臭。她刷牙后整理一下垂落的头发,又在镜子前看了看肩膀、胸前的乳沟和隐藏在白色飘逸睡袍下的小乳房。整体来说,检察结果还令她满意。

之后,她去煮咖啡,并叫醒丈夫起床。

"闹钟有响吗?"他问。

"有啊!"她回答,"但是你从来都没有听到过。"

她瞄了一下时钟，才七点半；到九点左右，家里才会只剩下她单独一个人。现在她还得帮女儿穿衣服，送她到门口，等校车来接她。

卡洛斯进厨房时眼睛仍微微闭着。他机械地走到太太经常帮他摆放咖啡的位置。

"好想睡哦！"他只是顺口随便说说，隔一会儿又说：

"劳拉，你怎么了？"

"没有怎样啊。为什么这样问我？"

"不知道。这阵子你好像很紧绷，根本没有办法接近你。"

"我只是有点儿累！"她轻描淡写地说，想尽快结束这个话题。

"你认为你有理由疲倦吗？"他的语气充满理性，却缺乏情感流露。

"拜托！卡洛斯，我可不是你的病人。"

"你说呢？"他语中带刺地说。

劳拉看一下时钟说：

"我去叫伊内丝起床。"

她在照料伊内丝时，电话响起。卡洛斯接了电话，一会儿就讲完了。卡洛斯把头探到走道上嚷着：

"打扫的太太说她的小孩生病,今天不能来了。"

"谢谢!"劳拉从小女孩的房间里喊道。

时间一分一秒地过去,转眼已是八点四十五分。卡洛斯穿戴整齐走进厨房。他讨好正在吃早餐的女儿并和她说再见,然后使了一个和解示好的眼神给劳拉,但她并没有会意过来。十分钟后,母女两人在楼下门口,只等了片刻,校车就到了。

劳拉回到家中,为自己准备一杯咖啡,拿起烟坐到客厅窗户旁,那儿是她最钟爱的地方。从她起床到现在,持续的紧张情绪逐渐在她下决定的中枢地带离去。喝了第三口咖啡后,她觉得很接近幸福了。点起一根烟,享受独自一人的快乐。这份喜悦可媲美和胡利奥在一起的时光。

不久后,她的脑海里开始幻想和胡利奥在一起聊天:有人敲门,她应门一看,是胡利奥。他轻声问她,是否独自在家?她回答是的。他说无法忍到星期五才见到她,不知如何竟然猜到了她的住处。她邀请他进来,为他准备早餐;两人一起抽烟,喝咖啡。她倾吐自从在公园遇见他后,生机盎然的生命便在她内心驻扎。她以精确的遣词用字向他叙述两人之间的秘密关系如何在时间里滋长;几个月的光阴飞逝浑然不觉,无声无息地跌落于日常生活中周旋的野心、挫败、焦虑和成功里面。而她以一种无声无息的方式，逐渐适应并行存在的两个自我——其中一个是隐藏的——她得将后者拖拉至人群面前。而两个自我依附在一个奇妙的融合里，形成一体，这允许两者将精力施展运用于相同的目标。同时，她也对他讲述爱情如何成长，激情亦随之茁壮。先前有着不相称能力的两个自我，终于达到一个平衡的境界，于是冲破那个较沉重的隐藏自我的疆界。她曾是那么多虑的，现在竟然会让自己放假一天，不去理会女儿的麻疹；忘记了丈夫的生日；放弃了她收集邮票的嗜好；甚至到了把她表面仅有的责任委托给其他人处理的地步。她只渴望将自己安放在真实的世界里，不再隐藏自己，在那儿她与他不断地交谈对话；并与他穿梭于晦暗不明与光彩灿烂的世界，那个世界将开启她遭受伤害的内在思维。

"一个艰辛的生命，"她高声下结论，"艰辛得好像上帝给予的惩罚，但是刺激得犹如撒旦赐予的礼物。"

她喜欢这个结尾，于是将它当作幻想的结局。抬头看一下时钟，发现几乎只过了二十分钟。她觉得有点儿沮丧，没有力气继续做家事，便拨了电话给她母亲，只聊了琐碎的家务事，话题围绕着伊内丝的感冒。她挂了电话后，心中懊悔为何要打电话给母亲。她气愤自己如此依赖对方，但是更气愤自己没有能力剪断她们之间有如蜘蛛网般的联系；在网的边缘，两人游走于对双方生活的持久窥伺中。

她随便整理了一些东西，并将女儿的床铺好，走到主卧室时，决定躺下来休息一会儿。她看着天花板，心想：当她独自一人在家时，是真的喜爱这个房子。卡洛斯侵入这个空间，成为一个麻烦的房客，或者应该说是一个陌生人。然而，他是她的枕边人，更是她女儿的父亲。

几分钟后，她被一种不确定的欲望侵蚀，它淹没她的肌肤并让她的脸颊升温。她在床单底下思念胡利奥，于是与他展开一场冥思的内心对谈。她不时地把那头及肩的秀发往后拨弄；轻抚肩膀，睡袍的细小带子往下垂落，扩开了胸前乳沟的面积。她一边幻想与胡利奥交谈，一边对自己这些小动作的美感给予肯定。她臆测着，像这样的表演永远也不会有排练的机会。不一会儿，她睡着了。梦里自己是某个遥远国度的移民。二十年来或更久的时间，她和母亲长期失去联系，因而不晓得母亲是生是死，更不知道她在哪个角落。有个电视节目对她的个案感兴趣，帮她在西班牙北方一个遥远的小村落里找到年迈垂死的母亲。该节目愿意赞助劳拉旅费，条件是允许他们拍摄母女重逢的感人画面。劳拉一来到村子，官方派来的委员立刻陪同她到临死妇人的跟前，那儿所有人马早已为此动容，镜头也已准备就绪。两人目光交接，立即明了这是一场误会。病危的老妇人并非劳拉的母亲。但是为了不让所有观众失望，或许是为了不让她们自己落寞，两人还是抱头痛哭。

电话突然在此时响起，是她母亲打来的。而且，对方马上发现劳拉正在昏睡。

"不要跟我说你正在睡觉！"她带着责备的口吻说。

"因为帮忙打扫的太太没来，我今天比较累。"劳拉连忙澄清。

"女儿，"她说，"但我还是不觉得你有足够的理由可以这样。家里都整理好了吗？"

"做了一半了。"

"唉！你应该和卡洛斯谈谈。昨晚我和你爸爸聊到你们，很替你们担心，因为我们看得出来你们两人关系不太好。"

"你担心的是这种情形被人看出来。"劳拉挑衅地回答。

"唉！你真是不可理喻，"她母亲在电话另一头说，"你要知道，我们为你担心，是因为我们爱你。"

"妈！请你不要干涉我的生活。"劳拉一说完立即粗鲁地挂上听筒。

她从床上起来。刚刚那个梦让她心里很不是滋味。她先去热咖啡，然后去刷牙。清理好家里后，她穿上工作服，到顶楼去打扫丈夫的诊所。

诊所面积宽广，还有个大窗户。门口挂着金黄色招牌，上面写着：心理医生卡洛斯·罗多。劳拉擦拭牌子，直到它闪亮发光，然后走进诊所，拂去桌面和书籍上的灰尘。她对数据目录感到好奇，便窝在长沙发里想象自己是病患，同时也想象胡利奥是心理医生，待在一个她无法看见的角落倾听着她的陈述。

从幻想的云端掉落到现实的憎恨，她僵立在那儿十五或二十分钟左右。憎恨的对象是她的先生，原因在于，他拥有诊所，这是他个人隐匿冥想的地方。她站起来，开始用抹布擦拭桌子和书架的尘埃。玻璃窗很脏，但是她想等到下星期再清理。她跳出憎恨，跃入她成为寡妇的另一个幻想。幻想着卡洛斯上班的医院打电话来说她丈夫现在生命垂危：

"很严重吗？"她问。

"你得为最糟糕的情况做好准备。"他们小心翼翼地答复。

他死于心血管梗塞。她自然与他的死亡无关。但是她突然开始对现实里怀有此念头而心存愧疚。于是在她沉溺于期待的寡妇身份之前,必须立即跳出她的幻想世界。

最后,她离开了诊所,走下楼梯回到家里。在打开门之前就闻到一股强烈的烧焦味。她飞奔而入,急忙把煤气关掉。加热咖啡的珐琅容器已经烧得焦黑,底部搪瓷出现了破碎的裂痕。她倚靠着冰箱悲伤地哭了几分钟。用抹布擦干净后,走到客厅。在挨着大窗户的写字台前,从一个隐秘的地方,拿出一本藏着的日记本,坐下然后开始书写:

"又把咖啡烧焦了。这已经是这个星期第二次了。如果我不小心一点,后果将不堪设想。我刚从楼上诊所下来。在卡洛斯的长沙发,或者该说是病患的长沙发上思索,得到的结论是:我仅存的也已被卡洛斯掠夺(虽然也不是我拥有的,而是从父亲那儿得到的)。因为购买楼上那层楼并将它改为卡洛斯的诊所的钱,是从父亲的钱包里拿出来的。

"我不想把我发生的一切归咎于他。但是我觉得被他抢劫、被他榨光了。从结婚以来,我们的生活全以他的利益及事业为主。为此，我一直牺牲自己的抱负来成全他。现在他开始事业有成，我却不知道他成就里的哪个部分属于我。当然，当初我也可以跟其他的女同学一样，不必因为结婚而放弃工作。渐渐地，卡洛斯微妙地将我变成了我最厌恶的那种爱发牢骚的家庭主妇。

"现在我已经年纪太大，无法去面对日新月异的变化。女人需要有自己的收入，才不会觉得受雇于自己的丈夫。从某个角度来说，我们是一对令人称美的夫妇。他有好的职业，我有大学学历。我曾工作过，但因为喜欢我的家及家人，我放弃了工作。这一切都是谎言，公园里充斥着谎言。

"因为笔误，我竟然写下'公园里充斥着谎言'。其实我是想写'世界充斥着谎言'。不知道还要不要继续谈论公园和他。我已经在日记其他地方以无条理的方式影射了他的存在。对了，我应该鼓起勇气问他为什么是星期二和星期五出现在公园，而不是其他日子。我想他会像小鸟般跳跃并带着雪貂般的眼神出现。我不应该再谈他了，因为也许我这样记载下来有些鲁莽。

"昨晚，我在织毛线时，明白了若将荒谬与实际混合，结果是荒际与实谬；若将生命与死亡混合，结果是生亡与死命。相反，若混合上与下，结果是下与上。混合天堂与地狱，则是天狱与地堂，没有意义。但是，理性与感性的混合，还是理性与感性。总而言之……"①

她合上日记，将它收藏在隐秘处。看一下时间，把肉拿出来解冻。然后坐在桌子前，拿起在扶手椅旁地板上的柳条，开始启动棒针。心想，至少在很短的时间里，除了替伊内丝编织了一块巴掌大的毛衣，她还编织了三个想法，四个或五个梦幻。接着她集中精神，随着棒针的韵律想着："两人有一样权力，黎明不会因而提早到来；下雪年，必有渔获；牧人聚会，但不会窒息死亡；当上帝关起一扇门，人们嘲讽……"②

---

① 作者在原文玩单字拆开、组合游戏。翻译过程亦尊重原文模式，采此文字交错形式。因而，译文亦没有任何意义。
② 原文为一连串被切断的歇后语，每一句皆以不完整的片段出现。前后两个歇后语各取片段加在一起，形成没有意义的新句子。原文以逗号间隔每一句残缺的歇后语，形成的新句子与新句子之间再以分号相隔。译文根据原文风格翻译。作者在小说中一再重复单字或句子的切割重组之创作手法，以营造一种失序的感觉。

4

星期五虽然还在生病,但是烧已退,所以他决定去上班。其实主要是因为他无法忍受母亲来家里照顾他。星期三那天经历了发高烧的危机,鸟儿及小说的玄妙事件使他忙碌奔波于公寓的小客厅里。从有些复杂且吊诡的梦境里醒来时,他觉得思绪混乱,喉咙里好似有根钳子抑制着。

"谁在那里?"他终于质问起来。

"是我啦!儿子。"他的母亲把头探入房间回答,"我打电话去办公室提醒你,明天是你爸爸的生日。罗莎跟我说你在生病。我现在正帮你把这里整理好,然后等医生来看你。我不想把你吵醒。"

一个月以来,这已是胡利奥第三次后悔因自己意志力薄弱而将公寓钥匙给了母亲。

母亲走进房间,带着有效率且机械式的神情着手整理衣物、拍平床罩。并以相同的神情抚摸那些在她儿子脸颊上初现的细纹。

"孩子！你在发烧哎！我猜你应该已经通知人了吧？"

"通知谁？"

"当然是通知医生啊！不然是谁？"

"我没有叫医生。"

"天啊！我的天啊！你的社会医疗卡在哪儿？"

经过短暂的抗争，胡利奥只得臣服于母亲的呵护照顾。在打电话通知医生之后，她仍然继续整理客厅。金丝雀被嘈杂的声音所鼓舞，开始启动歌喉。

"孩子啊！你想喝杯咖啡吗？"

"果汁比较好吧！我喉咙发紧。"

"家里有柳橙吗？"

"只有柠檬，在冰箱里。"

一早醒来的喉咙疼痛，在睡梦中一直盘踞在耳后听力处和支气管上端。他担心星期五不会好，一来因为劳拉，二来则因为心理治疗。他撑起上半身，朝窗外看去，外头雨势很猛。这时电话响起，母亲跑到客厅接起听筒，和他的秘书进行了一段简短却复杂的对话。凭所听到的残段，而不是依据没有听到的另一部分内容，胡利奥觉得她们两人在密谋对付他。他竖起耳朵，只听到某些对话的只言片语：

"他没有叫医生（……）真是糟糕！哪一天（……）生气（……）"

"……"

"（……）一个人独居（……）在哪儿看过（……）"

"……"

"某部电影里（……）书（……）电费缴多少钱？"

"……"

"真吓人！（……）一个星期洗三次衣服（……）熨斗（……）长条（……）"

"……"

"我不会离开这里的（……）吃饭（……）我这个儿子糟糕透了。"

母亲挂上电话走进房间。胡利奥以平淡的口吻问：

"你怎么可以和一个不认识的人这样聊天？"

"我和她在电话聊天中认识。"他母亲不悦地回答。

"但是你们的关系还不到可以谈到电费，或是一个星期洗三次衣服这样的事情。"

"啊！这样吗？那我应该跟她聊什么？内心秘密？还是个人私事？"

"电费或是一星期洗三次衣服，妈！这些都是个人私事啊！"胡利奥仍维持着平和的态度说。

"对你来说这些都是个人私事，因为你没有其他的事。对了，应该让你知道，是罗莎打电话告诉我你生病了。看得出来，她很了解你。"

"所以明天不是爸爸的生日？"

"儿子啊，当然不是！所以你千万别打电话祝贺他。他现在很敏感，容易动怒。我跟你说这一大堆话，是希望你不要因为罗莎打电话告诉我你生病了而跟她生气。"

"我无法再忍受了。"胡利奥指的是他又犯起的头痛。

"因为你是个怪胎，"她继续先前的谈话内容，"所有的一切你都觉得不好。人与人之间就是要相互帮助。你的脸色好差！去睡个觉吧！然后等医生来。"

建议完，她的嘴巴仍继续唠叨。没有发出巨响地在房间移动摆置物品。这分明是一场与混乱失序抗争的清洁工作：与筑巢在这间单身汉公寓的沉寂岁月、累积灰尘、缺乏爱情互相对抗。胡利奥睁大眼睛缩在被单里。若他闭上眼睛，将会加剧从喉咙四周延伸至耳际的疼痛；而疼痛还扩展至额头这里。

他把母亲的声音和音量搁置在内心的括号里清静；观察着房间周围，发现整体环境——包括他自己在内——渐渐从一个大范围中抽离出来，然后变成一个独立单位，移动至事情发生地的另一边。从这个角度来看，房间、房门、灯泡和在他心中设置的括号里紧张来回的母亲，都构成了时间整体的一部分；然而，这个时间由于罕见的浓度，只在空虚里持续与重复发生，并无任何记忆介入。流转几秒后，一种感觉掠过，胡利奥认为在现实的另一侧，即真实的现实里，所有的一切皆是死亡，从亘古久远的世纪开始，亘古不变。

他母亲的声音如同打开的水龙头，嘈杂且不间断；如同从一具尸体口中说出，已经不蕴含任何特殊意义。他合上眼睛，缩起身躯；此时他的耳际，传来被尘封且隐匿在一段时间里的旋律——《国际歌》。乐声袅袅响起。

最糟糕的是在星期四吃午饭时，他母亲用托盘端来食物站在他床前的那一刻。托盘内有一碗汤和一片清蒸鳕鱼。他一端起汤送到嘴边，立即闻到一股从前熟悉的味道，它与他的生命紧紧相扣；毫无疑问地，镶嵌在深处的嗅觉记忆，经过外在的挑衅，被迫打破曾经栖身了一段时间的纤维胶囊，并借由血液的渗透再度将这味道扩散到他躯体的柔软肌肤上。这些联想使他萌生抗拒心理。母亲马上对他说：

"孩子！虽然你没有胃口，你还是得吃东西。"

"有点儿淡而无味。"他为自己辩解。

"因为药让你的味觉丧失了。汤里面有火腿丁、母鸡鸡腿,它可比一般鸡腿美味多了,还有红萝卜、大蒜、洋葱……"

她列举的一长串原材料,非但没有增加他的食欲,反而让他更没有胃口。但他还是一口一口慢慢地喝汤,感觉母亲的手仿佛融解于他身上的整个家庭存在的历史。隐没在附近触发回忆的气味,如同一朵邪恶的花儿于意识的外层绽放,气味如蒸气般的渗入客厅、客厅里的桌子、花边织毯椅子、摆在品位平庸和没有宽大脚架子的柜子上面的一台黑白电视之中。

胡利奥知道他正在度过生命的其中一个阶段,一些从前没被重视的事物开始呈现异常的表征;他正在度过生命的其中一个阶段,他的双手和手指的触感如同被削平的硬石;总之,他正在度过生命的其中一个阶段,所有事物都表露出强烈的自治权,各自转变为独立单位,让各自的自主权显露无遗。然而,破碎残缺的条件,突然从一个不完整的现实里引爆,亦从一个感到遗憾的思维里爆炸。他想,将有一段漫长的时间,自己无法承受这种领会事物的方式,因为连身体最自主的动作,比如眼皮的闭合,骤然之间都得仰赖意志力来支撑。此外,闭合的方式犹如金属般生硬嘈杂,如卷曲在老旧店铺的百叶窗帘。言语本身也转变为一种坚实的形体,沉重地拖沓至意义的边缘,逐字进入耳际,每一个字的声响皆不同,但是彼此之间相互连结,如同火车的车厢一般,同样陈旧古老。

类似的情况还发生在他一闻到汤的味道就陷入萦绕不去的熟悉回忆中。但是,追忆对他当下的情绪既没有帮助也不合适。相反,它代表了敌对的信息,一出现即成为个人考古旧物的寄放场所,它的本质掌握了完全效率,在他受伤害的理解能力里散播荒芜。在此情形下,母亲是该本质的部分结晶,她成为一个虚伪的母亲,在表面的善意背后,是邪恶的化身。

当显著的症状减弱时,他发誓隔天要去上班。

就这样,星期五到来,一个没有发烧的星期五。但是因为尚未痊愈,身体仍然孱弱,感觉还是昏眩。他起床,抱着可以恢复健康的态度去洗澡。然后也刮了胡子。等待咖啡加热时,他趁机替金丝雀换了水。前一天的雨终于停了。

他在办公室签了一些文件,看了一份方案,接了三通电话。其中一通是他前妻打来的,她说小孩需要见见他。

"他好像没有父亲一样。"她说。

胡利奥含糊地允诺，星期天应该可以。他还告诉她，自己还在生病，到办公室只是为了处理一件紧急事件。罗莎十二点给他送来牛奶和阿司匹林。胡利奥谢谢她的关心，但是提醒她，不可以再向他母亲透露他的任何行踪或情况。一点时，总编辑叫他，祝贺他营销成功，并告诉他过几天会收到一笔管理奖金；此外，预计在人事名单上运作，以便他的名字可以出线，接任出版社日益发展的作品选集部的协调主管。

"我会尽全力帮你争取。"他说。

听完消息后，胡利奥谦恭地致上谢意，并借机适当地说起自己在一个月前即有的一些想法。

总编辑听完他的想法后，露出很高兴找到一个合适候选人的满意表情，接着和他谈起一本很受推崇赞赏的短篇故事原稿。

"就是这本。"总编辑打开抽屉，取出一捆黏订在同一侧的稿件，"评审委员一致认为这部作品将成为畅销书。"

胡利奥拿起原稿，一页一页地翻阅，佯装在读作品里的句子。这时，他的上司解释说，作者大概三十岁左右，是位前景被看好的新人。

"他三年前曾出版一本小说，评价很好。"

"他叫什么名字?"胡利奥问。

"奥兰多·阿斯卡拉特。"

"我的天啊!"

"你认识他吗?"

"不!不认识!但是名字听起来很顺口。谁给他出版的?"

"我想是市政府帮他出版的。据说,他得到了一个文学奖。不过小说并没有被好好地宣传。"

接着总编辑请他先读这本短篇小说集,之后写篇报告。他相当肯定地说,如果胡利奥没有异议的话,出版社将大力为这名年轻作家打响知名度。

胡利奥回到他的办公室,有几分钟的时间他什么事都不想做。他想到可能的升迁机会,庆幸自己能巧妙地操控局势,最终让他可以如愿以偿。然而,这个他期待许久达到目标的消息,竟然没有为他带来预期的兴奋或喜悦。他凭着自己的努力,终于可以跻身在这家大出版集团的主要领导层,却没有感到任何雀跃。就好比生命中重要的事情,在实现的当下竟然不再有渴求的欲望了。

不过,让他快乐的是,他想到这天下午会先见到心理医生,然后是劳拉。这两人分别象征着他个人不同的自由空间；在这两个空间里，他可以将个人日常生活中的情绪和错综复杂工作里的空洞完全抛弃，也可以将每日从起床到结束一天活动后重新入睡的作息抛于脑后。这是相邻的两座岛屿，一座给另一座提供通道；每座岛屿都结出不同但不可或缺的成果。

时间仍静止不动，胡利奥拿起那本原稿，开始阅读第一篇，标题为《比赛》。故事叙述一位作家有一天想出一个"完美"的计划来谋杀妻子，将它设计成自杀的表象。最后因为他没有勇气实施预谋而气馁，便决定将念头换个能实现的方向：写成悬疑小说，预计从那天起的两周内完成作品。他对小说的成果相当满意，却犯下大忌——拿给妻子看。他妻子生活在两人的地狱里，对这一新的挑衅行为毫不理会。她称赞他的作品，并鼓励他参评一项有威望的文学奖。妻子这令人无法理解的反应却让作家很高兴，他听从她的建议寄出小说。生活依然回到怨恨的原点以及日常琐碎细节。不久后，他妻子自杀了，依照小说中主角妻子的死亡方式。作家心想，倘若他的小说得奖，岂不是在自我揭发罪行，而他根本没有足够的证据能洗刷嫌疑，证明自己的清白。于是他赶紧致函给评审委员会要求撤回原稿。在等待期间，作家焦虑地咬他的手指甲。几天后，他收到一封简洁而礼貌的回信，指出无法执行他的请求，评审委员已经开始阅读小说，依据规定不能将作品撤出。然而也建议他可以和评审委员会的主席联系，因为小说的主宰权掌握在主席手上。

作家觉得自己仿佛是经过精心编织的蜘蛛网中的猎物。他忍受着绝望的煎熬，争取到和主席见面的机会；后者告诉作家他已经看了小说，而且相当喜欢，打算投它一票并将全力支持他的作品。但是此刻小说并不在身上，那日恰好已将小说交给委员会，准备传给其他评审审核。于是他谋杀了主席，从那一刻起揭开了真正噩梦的序曲。悬疑小说的作者谋杀了一个又一个评审，因为每次和其中一个见面时，对方皆声称已经看过小说，而且把小说归还给评审委员会。所有的评审，在死前，异口同声一致推崇那部杰出的作品。

胡利奥停顿了一下，抬头看了看天花板。故事内容有些耳熟，不过他认为所有的悬疑小说情节都异曲同工。虽然如此，这本小说的铺陈叙述却相当亮眼。他不想看结局，认为那会令他大失所望。他无法相信，奥兰多·阿斯卡拉特竟然没有能力处理结局，使之达到与故事开始和发展主线一样的水平。

·49·

他感到妒忌的刺痛在体内流窜,这时内线电话响起,他拿起话筒:

"什么事?"他问。

"胡利奥,我要去吃饭了!你要记得下午五点半有约。"

"你忘记我每个星期二和星期五有英文课吗?"

"所以我帮你约在五点半。"

"但是今天我接着要去看牙医。拜托你出去吃饭前,帮我把约取消。"

"好!希望你没事,好好照顾自己!"

等秘书出去后,他站了起来。那时是两点半。上午已经功成身退地落幕了。

5

"这几天我感冒生病在家,尚未痊愈。我母亲威胁说,若我继续卧病在床,她就要来家里照顾我。所以我宁可起床出门。事实上,我也不想取消这次看诊,更不想失去接下来和一位女子的约会时光。

"公司已经核发给我一笔工作津贴,并且将要提名我担任一个重要的职务。为了这个位子,我已经努力了八九个月,而且在这一段时间里,我耍的心机比一辈子所做的总和还多,最后终于达到目的。只是,消息并没有为我带来预期的喜悦。我的感觉是毫无差别,虽然我一直多么期待这个职位。我应该感到满足,这是我想要表达的。

"我刚刚在附近一家酒吧用餐,想着这种种一切。我的结论是,或许事业的成功将衍生出两条路:一条是往上爬——这是目前唯一所能预见的;另一条则是往下滑,将把我们为个人成功所付出的代价,揭示标记。

"那么，什么是'我该付出的代价'？

"嗯！以前我曾跟你提过我年轻时的野心，我的愿望是成为一位作家，并从这个愿望里延伸其他愿望；直到今日我仍未放弃这个梦想。我也想当个结核病患者，但是我没有得此病的天分……

"我不开玩笑了。很奇怪的是，我从来无法连续写作超过二十页。讽刺的是我在一家重要的出版社担任要职，我决定哪些作品可以出版，也就是拥有这种可以主宰他人作品生死的权力。别人有作品，我有权力。糟糕的是，若可以选择，我也不愿将两者互换。我还是幻想着可以将两者互不抵触地结合起来。我直觉认为，每种随职场上的成功而来的权力，将导致我更加远离可能实现年少创作梦想的地方。或许因为这样，即将来到的升迁机会并没有带来预期的喜悦。

"这是我吃饭时一直在想的事情。总之……

"假使当初特雷莎没死，或许我可以写出什么东西，她在创作方面给我很多灵感刺激。我不知道……现在我认识了另一位女子——我还未向您提起——她虽然一点儿也不像特雷莎，但是很多时候我觉得她仿佛是特雷莎的化身。

"此刻，对于我将告诉您的——而且是从我这个完全不信神的人口中说出来的——您会觉得很荒谬可笑。

"事情是这样的，上星期三我躺在床上时，经历了一件超自然的事件。我不觉得说出来是羞耻，况且我也敢大胆地把它归为超自然事件。我正在看一本特雷莎在我们最后一次见面时送给我的小说，整个公寓充满着隐形但是确定存在的吊诡玄机。于是金丝雀从笼中逃脱，往墙上惊惶失措地自我撞击。

"我听说过死人会开此类的玩笑：打开鸟笼、在屋内游荡、开关电源，等等。

"最后，经历这次玄奇事件，特雷莎与劳拉的容颜在我的记忆深处重叠混淆。劳拉就是我刚刚提到的女子。她们两人的影像融合镶嵌在一起，仿佛两张质量有瑕疵的投影片重叠了；特雷莎投射于劳拉身上，占据了劳拉的双眸、表情和笑容，只为证明她仍存在尘世，并借由他人的躯壳重新编写我们的爱情故事。我想起刚开始见到劳拉的某一次，感觉她从世界的另一头前来这儿和我相遇。自从我理解这个情况后，就变得不太一样了。就像今天上午，我在办公室开始着手写悬疑小说，我觉得进展得很不错。故事里作家谋杀了他的妻子，不是真的谋杀她，但无论如何，就是得付出代价。总之……

"此外，我还想跟您说，我再度听到了《国际歌》。大约有一年多没听到过了，它突然没来由地出现，就像当初骤然消失一样。而我的悸动总是如当初年少那般高昂亢奋。我相信现在的动容里添加了成长后良知不安的困惑；是一种对缅怀过往难以诠释的情感冲动。

"如果我是您，听着我向您说的这些话，应该会把我当成疯子看。我假设的疯狂并不阻碍我迈向生命的成功，若这就是世俗所谓的成功：足够的薪水，足够的权力，足够的个人自主权……

"但是，成功也许是创作小说，就是单纯的创作。写一本我所知道的及我所不知道的书。因工作所需及个人爱好，我阅读了无数小说，我有足够的能力看清楚，它们和生命一样，都会犯相同的毛病：根本的不完整性；生命的存在与书籍都是单方面的，不是描写所彰显的，就是躲藏在一个隐秘的虚构里。所谓虚构的不真实是因为通常都以所见所闻来当题材。当然也有例外，但是例子很少。

"我认识很多作家，他们的性情通常都很焦虑，而且很容易自欺。他们深切知道哪一本是他们生命中的小说；然而可悲的是，几乎都不太了解和他们一起共枕眠的女人。我们对自己本身信息的了解，其实都只是部分而已，如同对小说里的人物亦是如此。

"当我儿子还小的时候,夜晚常常哭,我不得不醒来好几次。于是我将自己所做的梦记录下来。有好多个夜晚,竟然有八九个不同的梦。后来当他大了一点,整晚睡得比较好时,第二天我在刮胡子时,几乎无法记起任何一个梦。我想表达的是,譬如说,有些活动会于夜晚在我们的意识里潜伏——虽然我们以某种方式来漠视它们——白天我们则以另一种方式来面对。与梦同样的情形,也可以诠释表情、感动、年华的悄然逝去、未被发掘的梦想等方面。总之……

"所以,我的野心是想写一本小说,书中已发生的和未发生的可以熔铸在一起。问题是,这样有可能将我还未知的叙述出来,没有达到被知道的程度就已被我传递出来。

"我有一个不错的故事开头:想象有个成熟的男人,意外地开始听《国际歌》。这导致他走向接受心理咨询一途,就像我一样;而从心理治疗之后又投入一位在公园认识的女人怀抱。这位女人其实是另一个女人所假装的化身。然后这个男人……

"嗯!常常我看见自己在写这本小说。当我无所事事地坐在家里或是看着电视机时,我便开始想象自己在书桌前写作。把我不知道的和我认为我知道的巧妙地融合在小说里，写成一本关于我生命的书。这本小说将证明我的存在。从小说的观点，我将了解，您与我的角色其实很容易相互交换。

"我坐着；我写作；我让自己具有智慧。我是这样看着自己，如此我可以承受日常生活的琐琐碎碎。每天早上起床，然后整日工作，融洽地和同事相处，得到人们的喜爱。甚至现在我似乎又恋爱了。这一切的唯一作用只是补给那位成熟男士所需的能量，让他可以一整天待在我书桌前埋首伏案，写一个患有听觉幻觉、不信神的男人的故事。"

罗多医生在今天的整个疗程首次介入，他问：

"为什么您又重复以前谈过的话题？就是努力达到让大家都喜爱您或都钦佩您这个目标的话题？"

"因为这是最有效的将自己对他人的轻视隐藏起来的方式。我明白这样的说法听起来很狂妄自大；但是我看不起其他人的地方，其实就是我自己身上存在的。我蔑视那部分我不喜欢的自己：吝啬、矛盾、气味、愚笨、头皮屑、消化不良、胆固醇，等等。我只是稍微举出每个领域的一些不同例子来说明。

"您说，若我接受自己的这些不足，同样也会接纳其他人的缺点。问题是,我根本无法接受,我们只不过是一路行走到尽头、沿途宿命地舔着自己身上痂伤的人类。

"我从不想属于这个族群,我宁可比其他人多死三次,来换取个人的丰功伟业,得到某种程度的肯定……

"套用宗教的说法,我想拯救自己。有时候,我隐约看到,我的救赎就存在于让自己处于恋爱的状态,就像以前爱着特雷莎,而现在开始爱上劳拉一样。自我救赎也存在于写作上,以想象力投入的写作。

"多年以来,我总是坐在那儿,像一位有耐性的智者,或像携带天命职责的神父,凝视着自己。这个影像使我从焦虑不安中解脱释放,并让我可以面对每日生活中充斥的耻辱;总之,我把自己安置在一个与别人迥然不同的空间里。我不理解他人的行径,特别不理解那些不写作的人,他们怎么可以忍受生命中没有创作光华。

"所以我再重复一次刚刚所说的,您看到了我睥睨他们身上的庸俗,那也是我身上存在的。

"现在——即使我还没着手书写——我在纸张前就座。很多时候我询问自己:在准备写作与实际动手之间有什么差异?是另外一个他在书写故事?他会不会把我此刻躺在沙发上对一位缄默不言的心理医生所诉说的,也一并写进故事里？或者会不会描述待会儿我和劳拉的约会时光？或者他已经把我和特雷莎的情爱关系以及她的意外猝死都记录了下来？

"更多不胜枚举的状况。那位作家知道我所不知的事情，而且那些事情都与我有关。结果，他是唯一有能力在耐人寻味的整体画面中，透视我生命里某个部分的人。

"另外，我也常想，作家和我的关系随时随地都可以无缘无故地颠覆过来，一如其他事件，也会毫无理由地发生，只要可能性来袭，即可转换运气的去向。也许有一天醒来后，我取代了他的角色成为作家，于是反倒是我坐在书桌前叙述，而那个化身成为我的他，起床、刷牙、喂金丝雀，然后在办公室里面有效率地展现专业能力，并周旋于其中的阴谋狡诈。接着，他得应付日常生活里有些恐怖的繁琐庸俗事务；阅读其他人的小说；沉醉于婚外情的刺激乐趣；与寰宇里消失的人及过世的人联结。

"另一方面，直觉告诉我，那位证明我存在的作家，同时，也将是扼杀我生命的凶手……"

6

从罗多医生诊所出来,春天已经翩然降临。

阳光照耀在大楼的玻璃上,树上展露翠绿新芽。周遭的一切似乎都笼罩在明亮的氛围中。

然而,这种感觉不是唯一在心头浮现的。发烧的症状好像重新在身体关节扎根;而走到街上后,寻找劳拉的焦虑却无缘无故地明显沉积。

事实上,他对自己今天在罗多医生那儿的表现不以为然。觉得触及太多主题,但没有深入任何一个。最让他气愤的是,竟然陷入罗多医生所设的圈套,把劳拉的名字给说了出来。在此之前,他一直把她安置在良知与生命的最隐秘处。

他还对罗多医生产生了强烈反感,这种情绪产生于双方在诊所门口道别时,罗多医生的发味,和他母亲星期四替他准备的汤的味道很相似。

和医生握手道别说下星期二再见的时候,不慌不忙中他发现医生的双肩上有一些头皮屑。接着他本能地将目光移至他头上;第一次察觉到医生有秃头的征兆,却刻意地被他稀疏、肮脏的头发所掩盖。

骤然之间,罗多医生不再是他的心理咨询医生,他把对方归于随处可见的贫瘠匮乏、邋遢肮脏、丑恶卑鄙的那类人。

当他穿过贝尔加拉王子大道,进入柏林公园时,刚与之道别的影像又浮现了。他忍不住再度批评:除了稀疏的头发及满布的头皮屑外,罗多医生脸上的痣横亘在他狡猾的笑脸上;他歪斜的目光好像一位代理商,尽管不信任自家的产品却得把它贩卖出去。

罗多医生的影像不由得让他想起多年前的自己,那时他尚未迈入与特雷莎约会的丰饶岁月。他走进公园,看着光亮斑驳,树木幢幢,人影在逆光处漫步于尘土与草地之间。顷刻间,尘封的往事乍现;不容置疑的是,已逝的过往并未被好好收藏,遂从他压抑的情绪里跳跃出来,爆裂成碎片漫舞。在飞散的碎片里,他瞧见了几年前的自己牵着一个小孩的手:他的儿子。那时,孩子是难以言传的希望所在,承继着两人共同未来的领航者。虽然此公园非彼公园,和其他的公园一样，里面也曾经流淌过情感、抱负和对生命的凝眸。

就如前一天他母亲准备的那碗汤，带领着他回到过去，回到生命中最陈腐、最发霉的过去，回到被遗忘在记忆深处那黑暗阴湿的角落里的过去。

就在此时，公园的某个角落传来熟悉的声音，虽然看不见，却知道是男女合唱团，感人的和弦唱着的似乎是《国际歌》。悠扬歌声及炽热旋律所散发出来的热情感染了周遭气氛，并流动到公园里通常遇见劳拉的地方。

一看到她，胡利奥的激情立即又被点燃了。《国际歌》的音量减弱；发烧让他紧绷的肌肉和紧张的眼神放松下来。她原来站着，然后朝他走来，打破前几次相遇时的不明朗态度。她的衣着颜色明亮，嘴唇及眼睛亦涂上彩妆，微笑成为她所有屏息动作的同谋共犯。阳光透过她整齐的及肩秀发的间隙，在光影之间，她的线条成为所有被渴望的身材之综合整体。

刹那间，胡利奥似乎失去了知觉，仿佛看见自己正坐在书桌前写下此刻相遇的情景。劳拉的乳沟不自主地摆动，立即使他想起了与特雷莎在下午约会的滋味。他说道：

"你像一个幻影。"

"我们离开这里,我把女儿托给我爸妈看顾了。"劳拉说。

他们走出公园,虽然并肩行走,却保持着距离,仿佛互不相识,来到胡利奥停在附近的车子前。

"到我家?"他问。

劳拉迟疑了一下后说:

"我不知道,我有点儿紧张,你一个人住吗?"

"当然。"他回答。

"好的。对我来说,那是最安全的地方。"

胡利奥发动引擎。突然,发烧的不适感又增加了,引发的副作用集中在肩膀和颈部。这样一来,又促使胸口那激动的情绪传递到眼睑外缘。

"或者你希望我们到其他地方?"胡利奥问。

"不,不用,"她说,"到你家就好了。"

之后两人沉默不语,汽车从容地在下午拥挤的车流里奔驰。驾驶人在兢兢业业工作一天之后,正往回家的路途,但是他们流露出的疲惫、敌意和意兴阑珊的表情,与此刻春天散发的气息完全不吻合。

胡利奥觉得这般情景,就是这般情景,他曾经如此描写过这样的画面:喝着咖啡,抽着烟,慎重地坐在铺满纸张的桌前，如同一个小男孩将他心爱的物品放置在鞋盒里那般严谨。

他喜欢鞋盒的画面，于是微微露出优越的笑容转向劳拉，微笑中带有无所依靠的色调。

劳拉拨着垂落于脸颊的秀发，以不耐烦的语气问：

"还要很久吗？"

车子经过洛佩斯·德·霍约斯街、卡塔赫纳街，继续往斗牛士大道的方向驶去。春天依然生机蓬勃地摇曳，阳光似乎仍在苍穹逗留嬉戏。

这时来到了胡利奥的住处，搭乘电梯往上。他因沿途努力构思而精疲力竭，问起劳拉对一路上的景致感觉如何，想知道她会怎么描述。

公寓仍保留着前些日子他母亲经手整理后的痕迹。黄昏虽未降临，客厅的光线已经开始垂落低挂，离窗户较远的地方呈现出阴影的凝块。胡利奥埋首工作的桌子就在那儿。桌上堆放着一些书、一沓稿件和精心摆放在桌面上的一套圆珠笔；仿若一位酒鬼把他储存的酒，妥放在有限的长方形空间里。

除此之外，屋里内部的气氛，就像其他房屋在五月初会呈现出的冷峻感。

胡利奥关上他背后的门，把从车子后座带回的年轻作家奥兰多·阿斯卡拉特的原稿丢在书桌上，接着说：

"有些冷。"

在这会儿，劳拉已经穿过客厅，来到窗边金丝雀的鸟笼前。她对着似乎在打盹的鸟儿轻语，鸟儿在笼内的梁上跳跃，给予她回应。

胡利奥说了声抱歉，进入房间，又走入浴室，停在镜前看了一下自己。然后观察了浴缸，瞥了一眼莲蓬头，不知该做什么决定。最后，他脱掉外套，摘下领带，挂在门后。解开衬衫的第一颗纽扣，坐在浴缸边沿。一股战栗让他记起自己还有点儿发烧。微晕的状况正好让他可以将现实剪裁成如他所愿的大小；或是将记忆过滤掉或选择保留，置于一些他所想要的情境下。

接下来的几秒钟，他在浴室里着手构思脑海里的故事：一名单身汉带一位才刚认识的已婚女子回家；跟她致歉之后，进了浴室，锁上门，自杀身亡。已婚女子在外头等了一会儿后，叫了他好几回皆不得回应，于是试图走进浴室，但门从里面锁上了无法打开；她心想他可能死于血管梗塞，遂匆匆逃离公寓，却把手提包遗落在现场。当晚，已婚女子睡在她丈夫身旁无法成眠，觉得无法面对未来几日在发现尸体和手提包之前将承受的压力。于是，她起床到浴室自杀身亡。手提包成为联结两人的关键，双方的死亡自然地被认定为，一个充满激情的爱情故事导致的殉情。疲惫的探员无情地将所发生的讲述给记者。或许故事也可以写成男子并没有自杀，只是在浴室里晕倒，而她却误以为对方心脏病发，因为心里害怕，晚上她自己却自杀了，等等。或是隔天男子清醒过来，看了她的身份证，打电话给她，以便将包包归还。此时警方追踪电话来源（以调查女子死因），等等。

他努力从浴室出来，回到客厅；劳拉正在那儿翻阅书籍。他煮了咖啡，他们一起坐在沙发上喝。

"我们两人都后悔走到如今这一地步。我们都心存恐惧。"胡利奥说。

"我可没有。"劳拉面带微笑潇洒地回答。

"没有怎样？"胡利奥像个回音一样又问。

"我没有后悔，不过有点儿害怕。"

"害怕什么？"他继续问。

"我害怕是因为自己对你一无所知，唯一知道的是你可以失去我而已。"

这时候鸟儿引吭歌唱。

"很奇怪，它通常不会在这个时候唱歌。"胡利奥说。

她笑了，仿佛这罕见的情况对她是一种致意。他双手抚摸她的脸庞，专注地凝视着她的容颜；瞬间他立即明白，那头垂肩的秀发是他终生叙述的故事框架。

随即他们站起来紧紧地拥抱。胡利奥辨认出那股盲目冲劲，推着他通过幽暗的意识隧道奔向极致的欢愉。他控制情绪不要过度激动，并抑制欲望的升涨。隧道的另一头传来她微弱且沙哑的声音，幽幽问道：

"你是谁？"

他等待着问题盘旋的回声消失，想象自己正坐在书桌旁，写着他生命中的小说，于是回答：

"我是那位书写和叙述我们故事的人。"

鸟儿再度高歌，胡利奥沉醉于欢愉的藩属里。

与他的默认的过程顺序无异，一些行为的模式顺从地屈服在他的意愿之下，他启开胸部的屏障，将视线游弋于内衣的诱惑。她所选择的内衣，没有让他的喜好失望，并与他的期待相吻合。他不敢直视她的乳房，害怕为之目眩，好似在山洞的奴隶乍见灿烂的阳光。他清楚他的领地是阴暗的；脱下她的裙子，他屈膝跪下，游离于她神圣不可侵犯的内裤里，完全臣服于肉体的曲线。

劳拉沉浸在一种紧张的被动状况中，反倒问起她自己是谁，因为她已经完全不认识自己身体的反应；不认识肌肤承受的震撼；不认识阴部潺潺的泉水，沐浴了胡利奥的双唇、双手和双眸。

两个情人在按捺不住的激情驱使下，滑落至地板：缠绕着、亲吻着；来到卧室，钻进被单里缱绻达到极致高潮；双方的呻吟声，仿佛受到惊吓的鸟儿盲目地盘旋飞翔时的尖叫声。

达到高潮后，两个人的眼神殷勤地寻找对方脸庞，仿佛都想认出这趟奇异之旅的同伴。这时，温存与自怜取代了胡利奥为爱而耗尽的精力与发烧的热度，将他引领至从前的高昂热情。他说：

"生命啊！"

他的语气是如此的平淡，与鸟儿的注视无异。因而劳拉根本无法领会任何讯息，来承托做完爱后意乱情迷的最初时刻。

"我一直想知道，"停了片响之后她说，"为什么是星期二与星期五？这一段时间我总是期待你在星期一、星期三或星期四出现在公园里。但是你从来不回应我的呼唤。"

胡利奥笑了，将她拥入怀中，并把他的双腿与她的紧紧

缠绕一起。下体附近流过一股释放的温热,与另一个躯体相拥时感觉到的舒缓气流。他说:

"我的工作量很大,因此星期二和星期五以加强英文程度做借口逃离办公室。但这并非事实,我是到一位心理医生那儿,躺在诊所沙发上与医生交谈。诊所在贝尔加拉王子大道上,离公园很近。"

他完全陶醉在自己的叙述里,以至于毫无察觉劳拉脸上的惊愕和她焦躁的询问:

"医生叫什么名字?"

"罗多医生,卡洛斯·罗多医生。怎么了?"

"因为我也住在贝尔加拉王子大道,有个邻居也是心理医生,但不是你说的这位。"

"那我改去你邻居那儿看诊好了,这样我们还可以在电梯里头约会。"

劳拉温柔地抚摸胡利奥的胸膛,以一种当初特雷莎与他私会时相似的低沉沙哑嗓音问他:

"你跟心理医生提过我吗?"

"从来没有,"胡利奥回答,"你是我秘密的激情,况且你属于另一个世界,由于你的出现让我可以接触到那个世界。我不会告诉任何人,否则我们两人会一起毁灭。"

两人在这个宣示告白下缄默不语，过度严峻的气氛使得爱抚缓慢了下来。几分钟后，胡利奥去客厅拿烟，回来后她仍停留在这个话题。

"答应我一件事。"

"什么事？"他问。

"绝对不要把我的存在告诉任何人，包括你的心理医生。但是若你逼不得已必须说的话，请不要透露我的名字、我长得怎样以及和我如何认识，等等。谈起我的时候，就当作你是在梦境里认识，或是你塑造出来的人物，好不好？"

"好。"胡利奥回答。劳拉最后的几句话加促了他的兴奋，爱抚着她犹如导电的躯体，双手在曲线里遨游。最后，两个肉体紧紧贴在一起，好像镶嵌在模子的铸品；或融合在疯狂里的痛苦。彼此在对方的眼神中辉映坚定的领会。同时，胡利奥注意到她被禁锢的双瞳里，仿佛临时被他人的脸庞所占据，而那事先已经设计过。那双眸子，除了是观看或凝视的器官，更是追忆怀念的象征，属于他自己过去的足迹；终于，他似乎可以在觅得的足迹处休憩。

7

卡洛斯·罗多清晨四点醒来,喉咙干渴喑哑,心想应该是安非他命的副作用。

寂静的夜晚被疾行而过的飞机巨响钻孔般划破,轰隆声好似远处传来的雷响。

右侧的妻子,以仰卧的姿势熟睡着。卡洛斯·罗多端视她的脸颊,耐心地等待窗外扩散的光线照耀在她的眼际。慢慢地,在她散乱的发际呈现脸部的曲线,最后合成一张完整的脸。过程像是摄影底片在显影液下逐渐显露图像。

他寻找她的嘴唇附近和下眼睑的眼袋部分,赋予那张脸的个性所需要的特征。整体面相呈现适得其所的幸福,然而却带着一股不祥的气息;她有一张漂亮却没有灵魂的脸庞,像是一个美丽、平静的器皿,随时都准备好去接纳一连串各种不同的形状、各式各样的性格、无数繁多的名字。

她可以是特雷莎,他那位病患因车祸身亡的情人。她也可以是他的妻子劳拉,一个与他所熟悉的劳拉截然不同却是那个胡利奥所提到的劳拉。胡利奥,一个多余的人物,一味执迷于初次的相遇。直到今天的诊疗,他才露出口风,说出那名女子的名字;然而过去几个星期以来,他已揭示了足够的信号,让我可以猜出他影射的人是谁:劳拉、劳拉……

他沉默了一会儿,然后带着一副死人离开裹尸布的多疑表情,掀开被单起床。穿上鞋,朝厨房走去,拿了一瓶冰水并坐下来思索。当务之急是让那名病患从眼前消失,以任何借口将他转给其他同行,然后开始重新规划生活。不可否认,他事业的成就归功于劳拉在这些年来一直扮演着一个举足轻重的安定角色。他必须将她夺回,要使出与病患在描述她的时候所表现出来的相同的迷幻热情,将她重新收复,让她返回自己的身边。

他仍必须详细分析为何会发生这种难以容忍的情形。他指的是去"解剖"胡利奥。这名病患潜意识的道德迷宫的某一黑暗角落,应该很清楚劳拉是谁。而对方却去征服她,企图占领属于他心理医生的地位。这是每一个病患的正常愿望;问题是,竟然真的有机会去实践,而且是以如此不公平的方式进行。

此外，他必须从心理医生的角度分析自己——尽管有些困难——他得解释自己为何会容许那位病患发生这种情形？而且一点警觉也没有。必须在可能产生严重伤害之前，及时制止他的行径。或许他应该承认，直到否定一些事实的征兆之前，情况还让人喜欢。最糟糕的是，我竟然与这名病患感同身受，他的过往与我的当下有所关联。而我在不知情的状况下——或者我不想去承认——与他一起搭建了这层交集，并掀开了这个陷阱。里头有我们三人，该说是四个人吧，如果把过世的特雷莎也算进去。

总而言之，生命真是难以诠释啊！

读书的岁月、交往的岁月、考证照的岁月、临床分析的岁月、与政治交涉的建设性及破坏性岁月，等等，到头来，生活出现了问题，而且竟然是从最没有料想到的地方开始。那些致力于经营累积个人专业声誉的时光，现在却缺乏爱情的支柱；爱情的支柱，如同年轻的光阴、如同道德的价值观、如同整体的原则，被抛弃于恶劣气候的严峻里。现在，该是反省自己重新安排生活的时机了。这些年，是厚颜无耻的岁月，敲着上百个机会的门，只期待着其中一扇为你敞开；这些年，是赚到了金钱的岁月，实现年少的憧憬；也是所谓放弃的岁月；总之，是交换的岁月、暴露的岁月、吝啬的岁月、屈服的岁月、犬儒的岁月，等等。这些过往，无疑地把我塑造成了一个最令人憎恨的凡夫俗子。

水太冰了。

环顾四周，他注视着厨房的家具：冰箱、洗衣机、冰库。然后看着小细节或是不拘形式的小东西：一堆放置在意大利瓷砖上的纸条、一套陶瓷制品、一幅内容复杂的月历、一张画……即使已经否定这些物品，却还是渴望拥有它们；但是记忆与怀旧结合所迸发的爆炸力，使触及的一切皆褪色。

他慢慢起身，离开厨房并在黑暗中摸索着前往客厅。思想是一种神圣的疾病，穿上了欺骗的外衣，他低声自言自语。然后经过走廊——这是家里面最有生气的部分——停在他女儿房间前。看见她没有盖好被子，一只脚露在外头；于是小心翼翼地帮她拉好被子。随后到浴室去拿药丸，以帮助自己再度进入睡眠。

回到卧室时，劳拉已经更换了睡姿，却依然保持相同的表情。他在她身旁躺下，抚摸着她的身体；就像一个行为怪异的先生，夜里醒来摸着他收藏的石刻雕像般。他闭起眼睛，手环抱她的腰，宛如环抱一个悬空的物品。飞跃过夜空，穿越过大脑闪耀的短暂空间，经过一次微弱的震动后，进入一条没有墙壁、没有黑暗、没有光亮也没有屏障的隧道。当他沉没在里面时，白昼残骸里的一个记忆前来骚扰，那是当天他在医院咖啡厅里听到的一个男人说话的声音：

"我从不观察人的脸，而是注意他所穿的鞋子。有一天我发现有人在跟踪我，因为在一个小时内，在三个不同地点，看到了同一双鞋子。那一年，胡安·路易斯被捕，所以我赶紧逃离法国。我送给我儿子的礼物，鞋子总是优先之选。"

8

那个星期六，收音机闹钟依旧在同一个时间响起。收音机正报道某个公务员去寄挂号信之后失踪的消息。这个节目似乎每次都播放一些奇怪的个案。下则新闻是发生在某家知名航空公司的一位退休职员身上的事。在任职期间，因为"通晓英文"，除了每个月的薪水他还有额外津贴。事实上他根本不懂英文。公司在一连串的偶然情况下发现他并没有此项能力，于是现在想要讨回过去三十五年来，因具有英文能力而额外给他的津贴。这名员工指出，他懂不懂英文完全没有意义，在他工作期间从来不需要用到这门语言。进公司时，公司问他是否"有英文"（ingles）①，他回答说有，因而得到津贴。他不想归还这笔钱。老先

---

① 原文在此处玩单字重音游戏和不正确的动词使用，导致双方误解。面试者没有把英文（ingl）单字的重音念出，因而职员理解为腹股沟（ingles）。加上面试者动词使用不恰当，以"有"（tener）代替"会"（saber），职员亦含混回答对方所发问的问题。

生的辩护律师要把案子打胜，指出老人家除了有腹股沟（ingles），确实曾会英文（ingl）；只是因为年纪渐长导致记忆力丧失，才忘记了英文。

胡利奥伸手关掉收音机，想继续再睡。只是昨天下午的影像在记忆表层仍喧嚣地沉浮。想起昨天奥兰多·阿斯卡拉特书稿里的某个故事，他在与劳拉亲密后的休憩时刻读给她听。他向她谎称自己是作者。现在原稿就被搁放在床头柜上。

他无意中翻到那个故事，标题叫《所有皆减半》。故事叙述一个贫穷的家庭，虽然还不到吃穿完全匮乏的地步，但是拮据的经济使得父亲精神紧绷。于是他决定无论如何都要根据收入来应付生活所需。他依据家中预算量入为出，经过几个月的平顺后，开始出现一些额外的开销，这让他又回到原先的经济窘况。

他开始记账，认为要安心生活的话，收入必须比开销多一倍；或是，从另一个角度来看，支出不能超过家中总收入的一半。只有用这种方法节流，才能应付有时会出现的透支，运气好的话甚至还可以存点儿钱。

基于这个想法，他召集家人宣布这个刻苦俭朴的生活方案，以便达到预计的经济目标。还好他是个深思熟虑的人，知道如果没有明确的规则与直接的心理效应，这个计划很难执行。于是他规定从当日起，不管是直接或是间接影响预算的任何活动，家中成员只能使用每项费用的一半额度。第二天开始，他两个孩子中的一个便不去上学，另一个则只搭乘去程的交通工具上学；在颁布规则之前，他自己原先一天抽二十根烟，现在得减为十根。太太则开始买比平常所需减半的食物；大家都因此消瘦，拥有自己过去一半的重量。

随着时间的流逝，这个家庭开始收获这项措施所带来的成果，享受以前因经济不稳定而无法出现的平静日子。另一方面，这个减量政策在执行的初期需要经常的严密监视；渐渐地，每个人发自内心自动自发地遵守，甚至与经济无关的范畴也将数量减半，比如盘子只使用面积的半边，将家中的桌子都分成两半，每两天买一次报纸。最后，这个奇怪家庭的成员在"减半"中生活：恋爱减半、成功减半，等等。这使他们可以改善经济状况，并以渐进方式取得他们选择的东西之一半的数量。

故事的大部分内容只是在列举一连串可以减半的细节，并无显著的高潮推进。然而，剧情在经济受威胁的处境下发展，那项平庸的规定可以有个神话式的胜利结局，也可以走入毁灭的失败尾声。当故事是以如此贫乏单调的宁静落幕,从某种观点来说,是可以再赋予更具气势的结局。

确定的是,劳拉还蛮喜欢这个故事,和他一起畅笑着阅读(宛如从前他为特雷莎杜撰的故事使她开怀一般),劳拉恭喜他,并鼓励他将故事出版。胡利奥因她的恭维感到愉快,没有因为作品不是他的而且暂时说谎据为己有而心存不安。老实说,他完全没想到这一点。

在爱情的甜蜜里和满足的空虚感的此刻,他竟然无法断言《所有皆减半》这篇故事是好还是坏。不过还有时间去评断。他怀疑自己将有一个漫长煎熬的周末,无法见到劳拉,这将让他很难寻觅到慰藉。他拿起奥兰多·阿斯卡拉特的原稿,再度随意翻阅,想阅读每一篇故事的开始,意外地翻到一篇叫《柜子里的光阴》,意兴阑珊地看了下去。故事讲述一个人专门偷大百货公司的物品,有一天,他被一位警卫发现了,于是从容不迫地快速逃离了警卫监视,并未惊动群众,而来到了家具区,躲进一个三层的柜子里。一会儿,他听到几个搬运工人的声音;他们的声音轻易地穿透柜子,他因此知道这柜子将要被搬到别处。

地面开始摇摆晃动,那个人在柜子里察觉到黑暗被抬起然后被移动,拖曳着他朝往一个不明确的方向。随后一些粗暴的震动告诉他现在上了卡车，马上将被载往一个未知的地方。

旅途中，他听到两个工人微弱的声音，他们也在卡车货柜里头。他想着各种可以成功逃脱的方式。慢慢地他适应起柜子内部的空间，却也期待能发生什么状况帮助他解决这个棘手的问题。

不知道过了多少时间——由于身处黑暗无法看表，加上情势也不允许他以任何的方式揣测时间——卡车停在某个地方。那个人和衣柜一起被搬入一处住宅内。一位拥有坚定但同时也有点儿脆弱音调的女士，指挥着工人放置衣柜的地点。在几次撞击和激烈的震动后，衣柜终于静止不动，而后一片静谧。

那个人在柜子里确定没事后，准备伺机离开这个移动的庇护所。这时候，传来女性高跟鞋嗒嗒的声响。幸运的是，柜子的两侧延伸出突出部分并产生弯折，让那个人可以隐藏身体。脚步声停住，衣柜的锁被扭转打开，一道怪异的光线从柜子中央照射进来，让这件庞大家具的内部为之明亮。

他在衣柜里面听到女子低声吟唱，却看不到拥有此一空间的她的面貌。高跟鞋声短暂离开随即又返回，那个人无法把外面嘈杂的来去鞋声归纳出一个合理的意义。但是，一会儿，一只有着纤细修长指头的手从衣橱上方开启了门，把一个挂有女人套装的衣架吊入柜子内。

衣橱内渐渐被套装与衬衫塞满，它们使内部的黑暗与外界的明亮隔离，并使那个人与女子之间的距离更加遥远。当她把衣服都摆放好了之后，把柜子关上。又是难以估计的一段时辰，那个人坐在衣橱里机械式地轻抚一件丝绸裙子的裙摆。

不久后，先前的脚步声又靠近；但在另一个较不响亮、较不清晰的脚步声的映衬下，显得更为黯然模糊。脚步声走近衣橱，喃喃语调和鞋子声响互相呼应。门打开，那名女子骄傲地向一名男子夸耀，她已经把他送给她当礼物的柜子装满了衣服。男人笑了、看了、赞美了，但是他的语调却是平淡的。一个丈夫的主要兴趣既不在衣橱内也不在衣橱外。

那对夫妻离开去吃晚饭，在把衣柜门关上的时候，震动的撞击仿佛把那个人推落至一口萧瑟且阴森的深井里。或许应该趁这时候逃跑。有足够时间去调查所在位置，并选择较谨慎的解决方式。只是，他一点儿想走的欲望也没有，他为那名女子的声音所迷惑；也为衣橱格局提供的安全性放心；更为满柜的衣服倾心。他推测自己身处于某住宅里的卧房内；决定等那对夫妻就寝，可以再拥有聆听那名女子嗓音的悸动。他思念起她的手，将衣架挂入衣柜时充满雅致却又坚定的手腕晃动姿态。那只手腕在强壮的他面前摇动，而他只能认识那名女子的部分肢体、嗓音及脚步声。

看到这里胡利奥合上书，根本没有在页码上做个阅读到此的记号。他逐渐喜欢上这个故事，这让他难以承受。此刻还早，星期六如一片沙漠横亘在他面前，穿过它似乎很艰巨。他决定从床上爬起来去冲澡。

之后他帮金丝雀换水，并为自己准备咖啡。坐下来后，感到发烧的症状仍在身体关节内嚣张横行。他拿温度计量了一下，体温是正常的。烧已经退了，但是一些症状仍很跋扈。他看了时间，觉得有些晕眩。电话在这时候响起。

"你几点来接我？"他儿子从电话线的另一端问他。

胡利奥迟疑了一下，最后回答：

"我生病了，孩子！我整个星期都在感冒，现在还在发烧。改天来看你好吗？"

"随便，我无所谓，"小孩回答说，胡利奥几乎听不出这个声音，"是妈妈有意见。"

"妈妈发生了什么事？"

"跟以前一样嘛！说我好像没有爸爸似的。就是这些老调子。"

"你妈在旁边吗？"

"不在，刚下去买面包。"

"那你觉得呢？"

"觉得什么？"

"嗯……关于你妈说的？"

"我不在乎。"

"你不在乎你没有爸爸？"

"是啊！有爸爸有什么用……"

"孩子！"胡利奥为难地说，"改天我们得好好谈一谈。找一天，好吗？告诉你妈说我生病，下星期我会跟她联系。"

他把话筒挂上后，脸上一阵发热，感到非常羞愧与痛心。他问自己是否爱儿子。以前他知道，爱儿子就如同爱自己最脆弱的那个部分。只是自从和妻子分居后，他开始忽视这个事实，就像到某个年纪后就开始否定所有的失败一样。

他觉得毫无防卫能力来面对这个星期六，面对这个周末，面对生命剩余的光阴。他认为他的生命像一棵树，分岔的枝干代表每个不同事件,它们造就了现在他生命的外形。他想象拥有一种绝对的力量可以修剪那些他不喜欢的部分——婚姻的枝干;或者另外一条枝干,它川流不息的浆液曾注入他冀望成为作家的野心和随即而来的失败;而永远不会去碰触代表特雷莎萌发出来的枝芽,从它的部分已奋力地绽放出一朵蓓蕾——劳拉。劳拉是特雷莎的湾流,是特雷莎的分枝。

鸟儿开始歌唱;胡利奥从他现在所处的位置站起来,走到书桌前坐了下来。记下他先前关于树的灵感:某人在他生命的某个时刻,有机会去筛选过去岁月里他感兴趣的事件,及抹灭那些延伸至今令他不愉快的结果。这是一个精彩的故事,远比奥兰多·阿斯卡拉特的任何一个故事都要出色。对方的故事太造作,又带着揭示秘密的格调。总之,缺乏生命历练。年轻的作者企图以幽默的天分来取代纯文学的风格。

他突然觉得自己强壮起来。发烧的幻觉使强健的力量倍增。因为一个作家,一个优秀的作家,应该拥有某些失败、某些伤痕、某些弱点来迈向成功之途。小说是一种成熟的文类,他自言自语。他写下故事的标题:《科幻之树》,暂定如此。

写到第三页时，他已精疲力竭，金丝雀也停止了歌唱。他离开书桌，拿起一条抹布，尽量不看鸟儿的眼睛，将鸟笼盖上。当他又回到书桌前，整个心情却改变了，之前因为创作而生的慷慨激昂已经褪色。虽然胡利奥力图挽回他高亢的灵感，却毫无成效。最后终究得承认失败。桌上还有完成了的三张稿纸，这次的失败算是轻微的。他将所写的献给劳拉。他点起一根烟，沉醉在昨天下午甜蜜爱情的过程里。他感到自己被那名女子所征服，被她的影像所俘虏，被她的不在身畔割成块状碎片。她的缺席，在春天的这个下午，更何况是个星期六，化成内心隐形的残障，强烈度一如面对爱抚的冲动，却缺少了一只手。

他离开书桌，走到经常看书或看电视的沙发上躺下。躺在沙发上，睁大眼睛，把自己移到贝尔加拉王子大道，漫步到柏林公园，想象与那名昨天才在他被窝里绻缱的女子相遇；她用纤细的身体完成了胡利奥不知疲倦地要求她展现的各种挑逗姿势。阳光的照耀下，街道上人烟稀少；行人和车辆是那么不显眼，好像水彩画的一笔一触，也好像突然降临梦境的一个念头。当他来到位于公园上坡处的加泰罗尼亚广场时，想象虚幻的胡利奥与现实生活的胡利奥合而为一：一个周旋在爱情与外遇故事中的人物。他缓缓地转头,目光停留在他的书桌上,停留在空椅子上,想象着自己坐在上面,开始在一张纸上奋笔疾书着某人一段模糊暧昧的激情。故事里面,这个人在看完心理医生后,往柏林公园去和一个已婚女人进行可能的会面。突然,小说某一描述的情景让胡利奥露齿微笑——那名坐在凳子等着他,又因为照顾女儿而被责任绑住的女人——他曾在前一天品尝她的身体,而事实上,她正是心理医生的妻子。

他觉得这个灵感的架构非常杰出,好得可以成为预设故事的主轴焦点。他满意地感谢起自己,这份赞赏使他再度肯定自己文学的天赋。这将是一本小说的诞生。于是,振奋能量又重回他的体内,他自信地坐下来书写。这股鼓舞的士气在某些时刻却让他觉得有些惊悚。

他写了半页时,电话又响起。

"胡利奥,是你吗?"劳拉的声音问道。

"是!是我!是我!"

"昨天我抄了你的电话,心想若有机会就可以打给你。我现在一个人在家里。"

"劳拉,劳拉!"胡利奥说,"是你啊!我正担心着,无法忍受到星期一之前都不能见到你,也无法忍受听不到你声音的痛苦。"

"我只有一点儿时间,不能聊太长。我不希望礼拜一在公园见面,因为可能会有风险。要是你可以的话,星期一下午我去你家。"

"几点?"

"六点好吗?"

"六点,我在家等你。"

"再见!我必须挂电话了。"

"再见!劳拉!"

胡利奥呆愣着站了几秒,怀疑着这通简短电话的真实性。马上,他充满自信地重新阅读自己所写的片段,深信这是一本出色小说的精彩开头,值得休息一会儿。他取下盖在金丝雀鸟笼上的布,前去清洗厨房里的杯盘。随后,洋溢着优越感地又把奥兰多·阿斯卡拉特的原稿拿起。在第二页标题之后,上面留有那位年轻作家的地址和电话。

"请问奥兰多·阿斯卡拉特在吗?"

"我就是。您是哪位?"

"我是胡利奥·奥尔加斯,您寄《柜子里的光阴》去的那家出版社的人。很抱歉星期六还打扰您,因为我明天要出差两个礼拜,所以想请问今天是否有空和您谈谈小说的一些细节?"

奥兰多·阿斯卡拉特虽然有点儿诧异,但是很乐意和胡利奥一起吃饭,因此约好两点半在一家由胡利奥提议的高级餐厅用餐。通话时,已是十二点了。

胡利奥拨电话去那家餐厅,提前为他们两人订位。

9

尽管胡利奥选择了休闲风格的衣着赴约，但还是传递出个人良好经济条件及社会地位的信息；星期六的穿着或许与平日上班的审美规范有些差异，不过仍然维持着一贯的卓越时尚品位。穿上了休闲外套远比他预期的要闷热，但是他不想脱掉，因为里头的蓝色衬衫与外套构成整体性的搭配。

他在餐厅等年轻作家的到来，对方的迟到已经让他开始恼火。于是先点了一杯酒。在等待时，他不断思索着今天上午进行的小说架构。有几个可能性的情节发展：

A. 病患对心理医生谈他在公园认识的女人；往后的看诊里，从叙述的一堆细节中，医生发现对方描述的女人原来是他自己的妻子。在此情况下，两个外遇的情人否认陷身于此纠缠的复杂关系，任由命运摆布。

B. 心理医生没有察觉公园里的女人就是他的妻子。但是病患和那名女人在谈论彼此的生活后，发现了事实真相。在这个可能的情节下，医生成为病患掌控的囊中之物。

C. 故事发展到某一阶段后，三人都知道了事实真相。但是每个人皆认为另外两人还被蒙在鼓里。在这个假设里，主角们都相信自己远比其他两位拥有掌控能力；事实上，每个人都没有比对方占优势。

D. 三人对所发生的事完全不知情。在这个前提下，三名主角无知地随着剧情演化；围绕此一架构发展的结果可能是，之中的某人会带给另外的某人痛苦折磨，或是产生集体互相折磨的现象。小说的发展将由人物自己决定他们的命运：寻求解脱或以悲剧收场。

胡利奥立刻认为，这样的基本划分将可推论出更多复杂的次要情节结构。事实上，所有的组合都是无限延伸的，在书写之前事先拟定纲要根本毫无用处。应该是故事本身的活力先后自发性地选择各种不同的途径，进而迈向情节的布局。

这时，餐厅领班陪同一位年约三十岁、瘦瘦的男子前来，对方自我介绍是奥兰多·阿斯卡拉特。他穿着一件非常老旧的飞行员夹克、宽大口袋的旅行衬衫、牛仔裤及一双与穿着搭配的登山鞋。他的眼神很有生气，却没有将此

· 89

活力注入他目光流转停驻的物品上。他没有为迟到一事说抱歉,便自行坐下,并挑了餐厅菜单上最贵的食物,却只点了矿泉水喝。

胡利奥在等待的时候已经喝了一杯威士忌,于是他点了一瓶玫瑰红酒配食物。在第二道菜上桌时,胡利奥觉得自己完全无法掌握情况;他并没有醉酒,而是因为当下的状况,他个人的存在并没有任何显著作用;与一位在汪洋大海中船只失事的遇难者的存在相比较,没有太大差异。

"吃这样优质的肉搭配矿泉水真是糟蹋了食物。"胡利奥说。

"我不喝酒。"年轻作家简单扼要地回答。

胡利奥心想,假若对方表现出目中无人的态度,他将对他施予某种程度的以牙还牙。然而他表现出来的举止行为——迟到加上点最贵的菜——并非是有意的高傲,因此很难激起胡利奥希望报复的欲望。

"嗯,我们拜读了您的大作,"胡利奥终于找出了对方弱点,"大家的报告呈现很矛盾的意见;我个人基本上很少看原稿,但是在决定是否出版之前,不得不读。"

"那您作出决定了吗?"奥兰多·阿斯卡拉特直接发问。胡利奥的言语并没有产生使之屈服的效果。

"事实上我还没作出决定。"胡利奥拖长话语,借以延长思考时间,"我想认识你。你不介意我以'你'代替'您'来称呼吧?因为认识本人可以加深从作品得来的印象。"

"我本人和我的创作一点关联也没有。"年轻作家坚定果决地回答,"我认为根据对作者的印象来决定是否出版《柜子里的光阴》是不公平的。这是贵社决定出书经常使用的模式吗?"

"不是,一般来说不是这样。但是当我们冒着风险出版某位年轻作家的创作时,若是他的作品无法说服我们必须对这个赌注做评估,判断这个投资是否值得,也就是说《柜子里的光阴》代表一位作家的未来;若存在一些合理迹象显示将来能收回一些成本,这时候我们不在乎在这本书上损失资金。基于这个理由,我们想认识年轻作者所展现出的形象,看看如何规划,诸如此类的细节。"

"嗯。"奥兰多·阿斯卡拉特只应了一声,继续吃着饭。

胡利奥尝了一口酒,告诉自己要小心言行。他又感到不适,心想自己应该有些发烧。他观察了四周,餐厅客满。饕客的大快朵颐与刀叉的韵律成为一种特殊的构图。刀与叉之间的碰触或是刀叉与盘子接触的嘈杂声,产生一种刺耳且无连贯性的喧嚣。胡利奥的心思略微留意着四周的噪声；现实融入哄闹，刀叉加入合奏，开始演出一曲熟知的乐章。

"你要不要甜点或咖啡？"为了打破僵局，胡利奥问道。

"甜点。"年轻作家冷漠地回应。

胡利奥想谋杀掉奥兰多·阿斯卡拉特，把他带到一个偏僻的地方殴打致死，然后把《柜子里的光阴》当成自己的作品出版。但这是不可能的，因为原稿已经被审稿委员会看过。只是谋杀对方的念头让他的情绪得到舒缓。喝完咖啡后他又点了一杯威士忌；突然之间，他又恢复了对自己的信心。食物似乎让他恢复了体力，提供了某种程度的快乐，以弥补一餐谈话下来所受的精神折磨。这时，他对年轻作家坦承自己也在创作。

"那为什么不出版呢？"奥兰多·阿斯卡拉特很单纯地直接问。

"不久后会出书。"胡利奥说，"应该在一两年之内。我正在写的小说有点儿错综复杂，但情节非常紧凑，至少我自己这样觉得。到目前为止，尚未出版，我想这只是时间的磨炼问题。小说是成熟周密的文体，我认为若一个人在四十岁至五十岁之间写出佳作，应该为自己雀跃。"

"您的小说内容描写什么？如果不冒犯的话。"奥兰多·阿斯卡拉特对于胡利奥谈论小说家理想的年纪毫无感觉。

"一点儿也不冒犯。我没有这方面的禁忌。有些作家若讲述正在进行的创作便无法继续下去。我刚好相反，没这个问题。小说主角是一个年约四十岁的人，周遭开始发生一些惊奇的事件。这般年岁的人，若细心留意，生命开始转变，呈现出另一风貌，对现实有不同的领会。"

"您多大了？"年轻作家打断谈话。

"四十二。"

"您看起来比实际年龄年轻。"

"谢谢！我们开始熟悉起彼此了。"胡利奥以善意的微笑响应对方的赞美，"我书的主角决定去看心理医生，因为从某个时刻起，身边突然出现怪异的现象。"

"发生了什么事？"奥兰多·阿斯卡拉特天真地问。

"嗯，比如说，有时候，特别是晚上，常被现实所震撼。也就是说，能够知道事情将如何演变；所谓的事实不过是一个人把幻想、规划等等伪装在其中罢了。另一方面，他也开始产生幻听；在某些意想不到的时刻，突然听到与年少时期密不可分的音乐。因为在四十岁这个阶段，如果没有迸发什么疯狂行径，职场上应该已经走到顶峰了；但是情感上却返回年少青春的悸动。故事接下来就是那个人去接受心理治疗，几个月后，认识了一个女人并和她展开一段亲密关系。后来发现她竟然是心理医生的妻子。情节可能是三人完全不知情，或是三人都知道真相却以为其他人被蒙在鼓里。诚如所见，故事可以往好几个方向发展，每个都非常有可行性。"

"很有诙谐的戏剧性效果。"年轻作家微笑着说。

面对奥兰多·阿斯卡拉特对他叙述的故事依然无动于衷，胡利奥的脸上突然闪过一丝惊异。

"你说什么？"胡利奥最后终于开口。

"是啊！一连串的复杂纠缠和三角关系的问题可以衍生趣味和紧张的布局。我觉得是不错的构思。"

服务生这时候来询问他们两人哪位是奥兰多·阿斯卡拉特先生。

"是我。"年轻作家回答。

"有您的电话。"

只剩胡利奥一个人。他立即明白自己在这一场布局里彻底失利了。今天的一切都逆向行驶，包括这通电话的出现。他的优势地位完全被这名年轻作者所掠夺。他又点了一杯酒，抑制着胸中的自我安慰，同时转换成对奥兰多·阿斯卡拉特的一股怨气。

后来的谈话并不比之前轻松多少。年轻作家讲完电话愉快地返回座位，转述说好莱坞刚和他签下合约。他继续和胡利奥谈天，态度客套却心不在焉，也没有以主观的方式带入一些表面即将发生的主题。胡利奥试图在适当时机发表一些独创见解，至少想抢回被从他这儿掠夺而去的战胜品。他说：

"我注意到在我腋下流汗较多的季节，创作量也比较大。就好像蒸发了一次，连带引起下一次。"

"我觉得时间有点儿晚了。"年轻作家说。

胡利奥要了账单，同时在脑海中预演如何掌控场面。他说：

"好的！我们这几天会写信通知你是否出版这本书的最后决定。"

这时奥兰多·阿斯卡拉特将手肘托在桌上，带着侵略性地把脸面对着胡利奥，到目前为止，他一直维持着的令人可疑的中立态度终于打破。他回答说：

"胡利奥·奥尔加斯先生，我既不喝酒也不抽烟，也不需要很多钱来生活，也没有多大的野心。我只想告诉您，因为这样,我可以将时间和精力投入创作。我不急,因为我知道自己写得不错。若贵社不出版,其他家出版社也会有兴趣,但也许得等个三四年或五年才出书。我不在乎。有一天我会达到这个目标,撷取成功的果实;它将超过这些年所付出的心力千百倍。因此,您不必为我操心,也没必要保护我或帮助我。我不需要。若是您认为《柜子里的光阴》有机会,那就不需要任何考虑直接出版。若结果不是如此,就把原稿归还给我,大家还是朋友。"

胡利奥付了账,离开餐厅。在街上,即将道别时,奥兰多·阿斯卡拉特说:

"我觉得您好像没有拿收据。"

"拿收据做什么?"胡利奥愕然地问。

"跟公司报销啊!你们自己付应酬的钱?"他说。

胡利奥没应声,和年轻作家握手道别,往与对方相反的方向走去,进入一家酒吧,点了一杯咖啡及一杯酒。他用手肘撑在吧台,思索着将以何种口吻来写这篇关于年轻作家的小说的报告。必须足够狠,以阻止作品出版;但也必须足够睿智,来保护自己,以避免将来其他同业出书成功时,公司把账算在他身上。

不久后,一群年轻人谈论着走进酒吧,然后挤在他身旁。从琐碎零星的话语中,胡利奥推断他们是艺术系的学生,似乎刚参观了一个重要画展,对作品感到兴奋。他们之中有一个小伙子企图以个人果断的见解来吸引女孩子的目光。胡利奥马上厌恶起他来,无法忍受他的言语,也无法忍受他荒唐怪异的穿着。看他说话的方式,这个年轻人喜欢卖弄自己,一直不断提及自己的画作或雕刻来阐述他的观点。

他付了钱往门外走去,随即发了酒疯,转头对那名年轻人嘶吼:

"笨蛋!你是笨蛋!"

回到住处,胡利奥感觉到一股邪恶的宁静笼罩着公寓。一束阳光的丝缕线条照映在椅背上。有汤的气味。他打开电视后将它消音,一股脑儿躺在沙发上。他并没有放置情感在这个空间和周遭的家具里。一切仿佛陌生遥远,又仿佛似曾相识。陌生遥远的滋味来自这些物品对他呈现出明显的仇恨,似曾相识的感觉则是这些物品已经成为他生命的一部分,例如汤的味道或是静音的电视。

鸟儿却在这股吊诡的气氛中怡然自得,好像已背着胡利奥篡夺其位。这只动物和家具之间存有奇怪的共谋的嫌疑,在下午的时光中,毫不掩饰地将胡利奥驱逐于领地之外。

他倒了一杯酒,开始从客厅的一头醉醺醺地踱步到另一头。他急需一个道歉、一个赔礼。于是他盯着书桌,想象着笔下在写着被奥兰多·阿斯卡拉特称为"诙谐的戏剧性效果"的小说。当病患发现爱上了心理医生的太太之后,两人同谋把医生杀了。一桩利落写实的谋杀案。病患在某一次的看诊中将医生杀掉,他太太则负责将病患的就诊纪录销毁。这并不是一个诙谐的剧情,而是一个冷酷、激情谋杀的故事。他开始下定决心:有什么比写出一本精彩的小说更好的复仇方式?

这个打算终于让他宽心,甚至想立刻动笔写作。最后,他决定还是先睡上几个小时,晚上洗个长长的澡后,在完美的条件下再着手开始写作。

10

那个星期天,劳拉在清晨六点醒来。她的先生沉睡在侧。她小心翼翼地将双足移挪至地板上的拖鞋。整个屋子是冷瑟的。

在伊内丝和卡洛斯醒来、起床之前,她享有几个小时的个人自由空间。她穿了一件厚罩袍,例行地去看女儿的睡觉情形后,走到客厅。在那儿她凝视着都市的曙光,把烙印的影像写到她的日记里。

她煮了咖啡,端着香味四溢的咖啡来到阳台,将她及肩的长发与侧影轮廓,镶铸给仍在酣睡的城市。太阳如一轮气球,从巴拉哈斯那个方位附近的建筑物后面渐渐升起。她瞧了一眼屋顶,深呼一口气,寻觅一条想象的笔直线条,幻想着,她家的屋顶紧邻着胡利奥家。

之后,她回到客厅,拿出分享着她秘密的日记。点了一根烟,喝完咖啡开始书写。

"从家中的阳台寻找着你的住所;以直线飞跃过城市所有屋顶来到你公寓的客厅窗前。金丝雀仍在睡梦中。

"我仍未把你的名字记载在我的邦邑里。谨慎行事与恐惧害怕使我无法在这儿叙述,上星期五我如何以某种奇怪的方式发现崭新的生活。我已经开始为你编织一件毛衣,但是我永远也不会将它送给你。只会在我从衣柜里取出毛衣时,想象你在身旁。最近我经常早起,只为了与自己独处,也为了让思绪可以与你相偎相依。除了孤独以外,一切都让我愤怒。当下,大家都在睡梦中;我不仅相当清醒,还患有失眠。我在此凝视着你。我失去了谨慎,不应该写下这些,不应该,我不应该。

"事实上,我打开日记只是想记下:爱情与交欢的字眼交换结果是,交情与爱欢;贝尔加拉与王子则是,王加拉与贝尔子;我的与胡利奥的字汇交错则是,胡的与我利欧;恶性肿瘤,肿性恶瘤;秘密爱情,爱密秘情。所以,故情爱事则是源自爱情故事字汇互换的结果;同理可证,激密秘情则来自秘密激情;神魂的恋爱颠倒则是，恋爱的神魂颠倒。①

"假使我可以依循某项纪律写作，相信我也能以混合毛线和棒针的相同才干来编织与交错那些话语。这两种工作都需要某种类似的集中力，和追根究底的欲望。我觉得，自己具有这样的天分。例如，将这句话拆开组合随意编织可能是：具觉这的我天人分有样得个。"

这时候，走廊的尽头传来声音，她仓促地将日记藏好。脚步声似乎有些迟疑，在每个房间门口停驻。因而她有充足的时间可以将写字台收拾妥当；拿出柳条篮子的针线盒，自在却也失神地坐在沙发上打毛线。

卡洛斯探头入客厅。

"你在这儿啊！"他说。

"我睡不着。"劳拉回答。

卡洛斯在她面前的扶手椅上坐下，做了个驱赶睡意的手势，并表现出一副很冷漠的模样：然后慎重地端详他的妻子：她竟然会在星期天的一大早就起床。他说：

---

① 作者在原文玩单字拆开、组合游戏，见第38页注①。

"你不认为我们应该谈一谈？"

"谈什么？"她问。

"谈我们，劳拉！谈我们之间的事。"

"我不懂，发生了什么事？"她说话的节奏比打毛线的频率要快速。

"拜托你看着我。"他恳求。

劳拉将视线从手中的活儿移开，抬头望了一眼，一个头发稀疏凌乱的男人在她面前，心想他身上肯定也有异味。他穿的是一件她买给他的条纹睡衣。

"去穿上罩袍，否则你会着凉。"她一边说话一边又开始编织毛线。

"我不想穿罩袍，我只要和你说话。"他的语气中带着请求与愤怒。

"你穿了罩袍我才肯跟你说话。不然，要是你感冒了，照顾你的人是我。"

卡洛斯顺从地起身，穿了一件白色浴袍回来。他坐下，点了烟。劳拉瞄了他一眼，又低头继续打毛线。穿这件白色浴袍让他看起来更加苍老。

"嗯！你要谈什么？什么事那么急，让我们得谈谈？"

"你介意暂停一下，不要打毛线吗？"

"我介意。"她冷酷无情地回答,"我可以同时打毛线和说话。"

"好吧!我看你并不想解决事情,也不在乎我到底发生了什么事,更不用说是我们两人之间的问题了。"

说到这儿,卡洛斯止住了。劳拉感觉他借由耸耸肩膀把自己悄悄塞进内心世界。在这几秒钟里,暴露出一个失意颓丧男人的画面,他试图博得同情,却无法借由他使用的方式获得对方的认可。

"我没事,我很好。"她说。

"要是我们不能承认现实里所发生的,就没有办法谈下去。"他答道。

"你只想相信你所认知的部分。我很好。"

"但是我不好,劳拉!我不好。"

此时,两人的目光相撞。劳拉察觉到坐在她面前的这个外人,眼神里充满着爱,他的容貌刹那间被一个熟悉的脸庞所占领:那是年轻的卡洛斯,那个曾令她痴狂的卡洛斯,痴狂到愿意为他放弃一切。

"你有你的生活、你的工作、你的政治社交圈子、你的专业、你的野心。你想掌控我就像掌控你所拥有的这些一样。但是我一无所有。这些年来,我在家里整理你的鞋子,打扫屋子,为你的朋友准备晚餐,照顾你根本不关心的女儿。现在你飞黄腾达了,是啊!几乎是功成名就了。但是我为什么得承受这一切?你说,为什么由我来承受?"

"我们结婚时,我并没有强迫你放弃工作。这是我们彼此默认的。其他你所做的,是你一直都想要的。"

"所以,我想继续这样下去,不要打扰我,拜托不要打扰我好吗?我想一个人好好清静一下。至于所谓的彼此默认,正如你所说的,要承认事实,事实证明你是聪明的,你所说的,也都去做了。你应该早就可以预见这样的结果;应该早就可以给我忠告,如同给予你的女性患者建议一样。"

"我的工作性质不在于提供忠告。"

卡洛斯再度跌落到掺杂着挑衅与悲伤的沉寂中。而劳拉为她的顽强沾沾自喜,甚至压根忽略了胡利奥是他的病患。他可以利用这点来牵制她,或以此来胁迫达到和解。现在她更加确定胡利奥并没有向卡洛斯提过她的存在。她脑海里琢磨着,应该是这样,否则卡洛斯早就拿来当作反击她的利器了。她先生的行为举止并未显示出猜忌的异状。

她又一次轻蔑地看着他,盯着这个属于她却不再为她带来欢乐的"物品";她与丈夫共同经营的生活让她觉得与她毫不相关。女儿此刻出现在客厅的门口。

"去帮她穿上衣服，否则会受寒。我去帮你们烤面包当早餐。"她边说边往厨房去。

一切仿如地狱。但是，几年来的第一次，她终于知道自己掌握了调整火焰大小的开关。就像刑罚的判决，必须予以严厉处置。

在餐桌上，她表现出一副怡然自在的样子；对伊内丝开了几个玩笑；榨柳橙汁、煮蛋给他们。卡洛斯也佯装先前那一幕似乎未曾上演过。他感染到她的快乐，于是宣称应该到乡间玩一天，以庆祝明媚春光的来临。

"一个朋友，"他说明，"邀请我到他在山里的房子吃饭。"

"他什么时候告诉你的？"劳拉问他。

"好像是上星期五吧。"

"那你现在才说？你看，我从来无法拥有自己的计划。我认为这缺乏尊重。这样吧，你和伊内丝去就好，因为我想利用这个星期天来收纳冬装并整理一下衣柜。"

"但是，"卡洛斯央求她，"我可以帮你啊！我们两个人一起整理，到了中午时就可以离家上路。你一个人一整天待在家里会很无聊。"

"不好，不好。这类家务事我一个人来做比较好。如果我很快就整理好，我想去我爸妈家，好几天没看到他们了。"

卡洛斯胆怯地持续游说。他并不是无法击破他妻子宁静外表下牢不可攻的坚定，只是为了不要破坏最后这一刻的融洽气氛。他放弃据理力争，着手准备他和女儿出门应该携带的物品。

她独处才一会儿，电话即响起。她恼火地接起电话，另一头传来母亲的声音。她和母亲因为对生活持有不同观点，而展开了一场激烈的谈话。劳拉听到母亲对她未来的威胁字眼，那席话对她起了作用，因为她自己也如此认为。事实上，她母亲只是以言语来巩固她拒绝承认的恐惧。

她觉得被囚禁在一个由隐形却坚固的墙壁所环绕的框框里。几年来，那些墙壁由她的父母、她的丈夫、她的女儿及其他人建筑而成；或由她扮演的既是受害者又是鼓舞者的双重角色堆砌而起。的确，一个完美的建筑作品，若没有她自己协助搭建，不可能筑成她的恐惧。她高声呐喊："我怎么会允许自己过这样的日子呢？"

与母亲的对话，再度使她陷入逻辑的深思，这几日她原以为它已完全逃出脑海。由罪恶感掌控的逻辑思维，它的规律是无法违反的，必须付出极高的代价。

突然之间，星期天让她觉得漫无止境，她深深后悔没有和丈夫与女儿在一起。十一点半，春天的阳光让家里热起来，它的温暖突显了清晨低温的冷峻。劳拉觉得闷热，于是脱掉了罩袍。她到厨房去清洗早餐的杯盘用具，也顺道清理冰箱、加热器、洗碗机。她的精力与她希望清除掉的肮脏不成比例。她的卖力是被自己强迫的，希冀寻求体力的耗损。她尝试在脑海玩文字游戏，但是脑袋里的思绪只表现在以抹布游走于厨房家具的肢体摆动。思绪中交替着一些人物的影像，有她的母亲、丈夫、女儿，等等。

清理厨房后，她以相同的效率整理主卧房及小女孩的房间。看一下时间，竟然只过了一个小时。于是着手整理衣柜，这个决定缓解了她的紧张焦虑。之前不安的情绪逐渐走向一种缓和的机械性频率，在调整变化的过程中，舒坦的心情渐渐攻占了躁郁的领土。衣物在手中忙碌穿梭；毛衣叠放在一处；裤子在另一处；川流的思绪在脑力运作中挪动，并在那儿获得宁静。

在平和的心境下，她重新整理了衣橱内部。劳拉挥去罪恶感的阴霾，返回欲望的怀抱。

当她有条不紊并完全投入整理完所有衣橱时，还不到下午两点。于是她想打电话给胡利奥,但是喜悦被心头一转的念头所搅乱,万一他不在家呢?然而这时,胡利奥恰好给她打来电话,和她聊了兴味无穷的数分钟。他建议如果她一个人在家不如搭出租车来他的公寓,可以一起吃饭、谈天说地,等等。

前一刻为现实生活所下的决定,立即被收藏进橱柜里,劳拉接受了对方的提议。她甜蜜地挂上听筒,悉心地装扮自己;在百科全书内寻找文学的定义,期许能记住些什么,帮助她与胡利奥的谈话内容可以更精彩。

要离开家门之前,她决定当个实际点儿的人,于是编了一个理由,作为不在家的借口。她拨电话给她的母亲:

"妈妈,我要和一位朋友吃饭,整个下午可能都和她在一块儿。但是卡洛斯最近很会吃醋,而且猜疑心很重,要是他打电话来,就请你说我下午去找过你们。"

劳拉的母亲百般拒绝这个请求,但最后还是答应帮忙,只是强调她对女儿与女婿之间明显的危机,并不负任何责任。两人的谈话中充满着隐藏的威胁与没有表达的恐惧。这段对话里,母女像敌人一般在黑暗处互相窥伺对方,尽管双方都清楚,她们任何一方的失败,都会将两人推至毁灭的尽头。

在搭出租车前往胡利奥住所途中,劳拉思索这个棘手问题。她于是明白,她对母亲请求的真实意义,并非要让对方成为她外遇撒谎的共犯,而是在央求母亲的允许,让自己可以做出出轨的行为。

11

那天的相聚犹如上苍赐予的礼物。光是端详胡利奥摆设碗盘、餐具和从附近商店买回来的熏肉火腿的模样,劳拉心中便洋溢着幸福。一切都是最佳品质。胡利奥拥有独特的好品位,来布置这些几何图案的日常生活用具,透过它们呈现过往岁月的存在:他拥有一个如影随形的过去;而她只拥有前世的化身。

他们慢条斯理地用餐,席间还品尝美酒、吞云吐雾,交换眼神与笑靥,以符合他们年纪与状况的方式慢慢地挑逗彼此。

"你先生从事什么行业?"胡利奥利用空当时间问她。

"那你呢?你做什么工作?"劳拉反问他。

"我是出版社主编。那你先生呢?"

"我先生啊,他是工程师。"

两人片晌不作声。胡利奥打破沉默:

"那一天,我在一家酒吧听到两个工程师的对话,之后我还梦到这席话,所以印象深刻。于是我起床,记下来当作小说创作的题材。"

"他们谈些什么?"劳拉问。

"他们在谈一个叫哈维尔的人。比较年轻的那位说哈维尔这个人认为生命只是过客,因而对于所发生的事情都不觉得奇怪。另一个很笃定地说,哈维尔有精神内向分裂症。年轻的问:'精神内向分裂症?'另一位不悦地回答说:'这个术语是我发明的,指的是某一类人表现出两种不同的行为反应,有可能很温驯,也有可能很暴力。发生不幸的那天,恰好他邀请我到他家听音乐。'他们谈到这里时,发现我正在偷听他们谈话,便降低了音量。"

"你怎么知道他们是工程师?"劳拉笑着质疑。

"音响工程师。"胡利奥说,"现在没有人会请对方去家里听音乐,除非那人是音响工程师。"

他们嬉笑时,胡利奥递上香烟,并将打火机靠近为她点火。劳拉深吸一口气,眼神闪耀着光芒。她问:

"那你之后还梦见了什么?"

"我不要告诉你,因为内容让人不是很舒服。"他说。

劳拉穿着一件黑色V领的宽松线衫,领口的美感效果,胸部乳沟的舞动，开始使胡利奥的视线灼热。

"若你不介意的话，我想把鞋子脱下来。"她说。

"你随意吧。"他回答。

劳拉将身体倾向椅子的一侧，用指尖脱下鞋子。倾斜的动作使她的乳沟显现，左边肩膀敞开，露出白色胸罩的肩带勒在肌肤上的痕迹，好像雪地被溜冰鞋划过一般。胡利奥的目光焦点汇集在她身体的这块领地，仿佛是黑暗中凝聚的镁光灯。

"你要咖啡吗？"他问。

"要。"她心不在焉，发出微弱的声音，如同在对另一个人说话、回答另一个不相关的问题。她的手肘托在桌上，手指拨弄着头发。胡利奥曾在特雷莎的脸上看到过相同的表情。

于是他站起来，用力地抓着她的头发将她往卧室拖行。在这短暂的过程中，劳拉脑海里乍然闪过她的母亲、女儿、丈夫的身影，以及，今天是个星期天。但她觉得那些都好遥远，没有资格在她的生命里起作用。

胡利奥将她背后的手放开，他拿捏好手腕力道赏了她几个耳光。他的脸顿时扭转成一个暴力粗俗男人的嘴脸。然而她并不畏惧，知道这只是性游戏表演罢了。他施展的暴力并没有带来任何疼痛，反而挑衅起她从未有过的性幻想。这时候，胡利奥在辱骂与辱骂之间，将她的衣服脱掉；她佯装受虐的喜悦，双手抓着乳房跌落至地板上，表现出一副羞愧似的顺从。胡利奥为她如此配合的举止而疯狂。她心想谁知道她在哪儿。她沉溺在自己肢体曲线的欢愉里。她柔弱地依循他的指示，于是，年少时期曾经折磨过她无数夜晚的一部奴隶影片，此时在记忆里排山倒海地翻搅。

两人精疲力竭后，转战到床上。胡利奥变成温柔体贴的恋人，为她递烟倒酒。若不是她坚持要他待在身边，他还想准备咖啡。

"你觉得怎样？"他问。

她没有应答，只是躲进胡利奥的身体里，仿佛将自己藏在一个保护盒子内，生命里任何的圈套都对她无可奈何。

"这些情形以前就已经存在。"她终于低声说话，似乎担心万一被胡利奥发觉自己缺乏此类经验时会感到羞愧。

"这只是开场白而已。"他自信高傲地宣示。

这时，金丝雀在客厅高歌起来。劳拉对他说：

"你一点儿也不像养金丝雀的人。"

"为什么？"他问。

"不知道。"她回答说，"你看起来蛮严肃的。就比如，你也不适合养植物,而你恰好没有任何盆栽。"

"实际上我和这只金丝雀是敌人。"他笑着说,"我买给儿子当生日礼物。但是我离婚的太太不喜欢她家里有小动物,我只好把它留下来。"

在他们聊天的同时,鸟儿啾啾鸣啼着一种不寻常的刺耳声,几乎将他们的对话淹没。劳拉察觉到一股吊诡的气氛在酝酿着。虽然还是星期天,窗外也透着春日的阳光,但胡利奥似乎被什么吸引,全神贯注倾听着金丝雀,好像鸟儿正清晰地发出什么有意义的音符。她观察着身边的他那脸庞凹凸轮廓所牵动的表情,他聚精会神地听着。他的嘴巴呈现模糊不清的形状,化成一个深邃的洞口,机械化地执行呼吸动作;鼻子好像因为金丝雀的歌声潜入鼻孔内,缓慢变大;双眼则定神在墙上的某一点,仿佛视线挪动也会发出噪声,混淆鸟儿传递出来的讯息。

"你听到什么?"她问。

胡利奥从床上起来,裸身站立在地毯上,迟疑地不知所措。

"《国际歌》的旋律。鸟儿在唱《国际歌》的旋律。"他说。

他走到客厅敲打鸟笼想中断它的高亢歌声。但是鸟儿只跳跃一下,继续用力地歌唱。胡利奥的脸上顿时充满愤怒,他打开鸟笼，费了一会儿劲之后，鸟儿被捉紧，并从鸟笼里被抓出来。他端视着握紧在拳头间突出的鸟头。两者不信任地互相对峙片晌。顷刻间，鸟儿的头颅被胡利奥的手用力一扭，松懈地垂落一侧。鸟儿死了。

"发生了什么事？"劳拉从卧室传出声音。

胡利奥手握着鸟儿穿过客厅回到房间，伫立了数秒，凝望着劳拉。

"心脏猝死而亡。"他说，"它死于心脏病猝发。"

"是你把它握得太紧了。"劳拉说出事实。

胡利奥松开手，鸟儿的身体在他的手掌里缩成一团。

"是心脏病发。"他还是坚持自己的说辞。

劳拉不发一语，在看到胡利奥的这个行为后，她立即掀起床单的一角腼腆地遮住胸部。胡利奥把鸟儿的尸体放在床头柜那份奥兰多·阿斯卡拉特的原稿上，迅速地扯下了劳拉身上的床单。劳拉本能地缩了一下身子。

"把衣服穿起来。"他声音沙哑地说。

她顺从地起身，寻找自己散落在房间各处的衣裳。胡利奥坐在床沿观察着她的一举一动，眼睛发红，嘴唇紧闭，充斥着权力与欲望的神态。

当劳拉衣服穿到一半时，他将她往身上一揽，利用她身躯的线条营造性爱姿势，达到几乎不可能攀升的翻云覆雨。她偶尔睁开眼睛看一下鸟儿的尸首，然后立即闭起眼睛；仿佛某人在确定了棺材外头已不再拥有生命迹象，遂亲自为自己盖上棺材似的。鸟儿的事件让她更加肯定死亡随时存在，并惊觉她生命的主要阶段里曾经历过不可依靠的脆弱感。这个领会让她尽情享受当下如幻梦般的欢愉。

激烈交欢的愉悦迸发成爱，如同弯折花瓣所流溢的芳香。他们回到床上，在帷幔里，动作的翻腾取代了言语吐露。

之后，胡利奥为了点燃香烟，在床头柜寻找打火机，他触摸到鸟儿的羽毛，死亡的寒冷流窜进了他的血脉。惊见生命冷却的过程，他从床上起来，拿起金丝雀的尸体，丢到了垃圾桶里。但是爬回床上后，他的神情透露出心头的疑虑：除了只是单纯地弃置了鸟儿之外，应该还有什么讯息是特雷莎的灵魂想要借由金丝雀在这个午后传达给他的。劳拉看着胡利奥来来去去地踱步，觉得他变成了另一个陌生人。她意识到现实正在回归，仿佛捶打木楔子引起的震荡来牵引她心脉的跳动，证明她存在的事实。

黄昏尚未来临，然而，她却感觉黑夜深邃的布幔已沉重落下。

"但愿人可以如此轻易地摆脱掉某些人。"胡利奥一边钻入被窝一边说。

"你想摆脱谁?"她问。

"比如说,你的老公。"他带点儿忧郁地回答。

劳拉没有接腔,她凝神注意那些无情且真实的捶打,将罪恶感推至她的思考范围,围围了她的心情。

"读篇故事吧!"她想避免在迷惘的此刻谈话,于是这样建议。

胡利奥骄傲地拿起奥兰多·阿斯卡拉特的原稿随意翻阅,翻到一篇标题为《我迷失了》。内容讲述某人于某个星期五回到家时,妻子生病了,事实上,只是轻微的感冒症状,并无大碍。然而,两人还是决定取消他们原定的周末旅游计划。他们吃完晚饭便上床睡觉了。整个星期六,他们都窝在床上,昏睡,或是阅读杂志,或是做爱。下午六点,那个人醒来,想抽根烟,却发现烟已抽完。他的妻子仍熟睡着,于是他蹑手蹑脚地起床,穿上裤子与毛衣下楼到对面的酒吧买烟。不知什么原因,酒吧竟然关门了。他因为之前睡太多而头昏脑涨,跑了几条街道才找到一家开门的酒吧。他进去买烟,并在吧台点了杯啤酒。他一面喝一面观察内部陈设,有些奇异的感觉在他身上油然升起,仿佛周遭的照明和空间的摆饰物曾出现在他的梦境里。酒吧内有两名服务生，另有九或十位的顾客零星分散各处。他记起仍在酣睡的妻子，赶紧付钱，以免她醒来之前他还没回到家。他离开了酒吧往家的方向走，但是很快发现街道并没有把他带回家，而是通向一些他记忆里从未出现的陌生广场和大道。他随即克服了最初的茫然困惑，推断自己走错了路，于是回到酒吧的门口，确定方向后，重新再从那儿出发。然而，结果和先前的一模一样：不是通往他回家的道路。恐惧开始在他的胃里面翻搅。他又回到那家酒吧，想打电话给他妻子。他的出现如同一颗石头投掷到池塘表面引起了轩然大波：服务生和众人聚集在酒吧中央像是在举行会议似的，之后一个接一个低调地散开，仿佛彼此并不认识。他觉得身上被仇视的目光注视着，但还是设法走到了电话处，拿起听筒放入零钱。但是，当他开始拨号码时，发现竟然想不起号码。他冷静了几秒，觉得忘记号码这件事很荒谬，因而这应该是暂时的，只是，那些数字依然无法在脑海里熟悉地重组排列。焦虑阻塞了他的咽喉。

念到这里时，劳拉请胡利奥不要再念下去。

"这是篇让人窒息的故事。"她说，"其他几篇比较幽默有趣。"

"你不喜欢?"胡利奥的语气中带有谴责的味道。

"不是我不喜欢,"她回答,"而是我自己现在有点儿烦躁,所以主角的情况让我感到不舒服。"

胡利奥把原稿合上,再度放回床头柜上。从此刻起,下午的时光落幕,两人的心情笼罩上一层挥之不去的雾霭。劳拉开始穿衣服,就像要去参加丧礼似的。他对她说:"我送你回家。"她开始哭泣却仍继续穿衣服。她拒绝了胡利奥的好意。他困惑且惊惶地呆坐在床上。

"我们明天见。"他坚决地说。

"我不知道。我再打电话给你,等我的电话。"

她走到外头,街上温暖而明亮。为了让自己平静下来,她走了一小段路。随着目的地越来越近,她感觉到自己一直是那些缠绕念头的猎获物,从未离开被保护的空间一步:她的丈夫、她的女儿、她的母亲……害怕失去他们,或者明知他们永远原地不动的焦虑席卷着她,使她加快了步伐。走到洛佩斯·德·霍约斯街时,她四处张望寻找出租车。在举手拦下一辆出租车的瞬间,她感到自己的美丽与无奈在生命里游荡。

12

那天,卡洛斯·罗多有一个足以影响他未来的关键会议。他十一点离开医院,十一点二十分抵达与人约定的咖啡厅。与他相约的两名中年男士,大概略比他年长一些。他们穿着体面讲究,脸上虽然没有表现出一副自我满足的面容,却也没有流露缺乏安全感的神态。

他们的交谈客套平淡,从新建的殡仪馆聊起,市政府将它取名为"塔那托里奥"。显然,其中一个是殡仪馆的负责人,他谈起昨天那儿收到炸弹威胁,导致死者家属不得不把亲人的尸体搬挪到街上。

最后,谈话进入主题。那名殡仪馆负责人也是席间发言最多者,他说他的团队决定支持卡洛斯·罗多竞选市政府的某个空缺职位。那个职位将负责协调或管理全市所有卫生医疗机构。从其语气可以揣测,这个空缺将是全民保健医疗领域最抢手的职位之一;并且可以推断的是,一旦卡洛斯首肯，就可以得到他们团队代表的口头承诺，他们将助他一臂之力获得这一职位。

咖啡厅位于市中心，里头坐满了住在附近旅馆的外国人。然而，在他们三个男人附近的一张桌子上，有两位家庭主妇点了一盘西班牙油条①在聊天。其中一位女士此时说道："甲隔天下来看乙怎么样。乙告诉甲说，头已经不痛了，睡得像年轻时一样香甜，排便也有好大的分量。而且不再知道任何关于小叔的消息了。"

卡洛斯尽量控制住自己对邻桌这段谈话的好奇心，在将心思放回到和这两名男士对话之前，他调整好自己脸部肌肉的神态。他得找到适当的语气、精确的字眼、合宜的微笑。这一切必须传达出隐含着多层次的讯息：适当的顺从姿态，个人专业的自信与坚定，还要表现出些微的大而化之，并对他们的提议露出一点点漠不在乎的态度。他说：

"希望你们选中我与我是政党的成员无关，而是因为我本人的专业能力。我了解，在这类职位的人选上，个人的专业素养和政治立场必须相互配合。你们都很清楚我的想

---

① churro，为一种非常普遍的面粉油炸甜点，外形与中国油条类似，口感则有一点类似甜甜圈。冬天时，西班牙人通常搭配一杯热巧克力，但也有人以咖啡搭配。

法，也了解我对当前卫生医疗单位运作情况的看法。我也明白，从市政府的角度，这项工作必须在中长期满足各方面的需求，但又得在短期内获得充分的注意力，使政治利益可以突显。甚至，我一直认为两者可以相得益彰。我不否认，如果接受这个职位，我得牺牲许多个人的理想抱负以便满足政治上的需求。其中很多需求甚至不在我掌握的范围内及视野里。因此，你们的支持，可以在一些适当的时机给予我必要的指导。你们身处政治圈，拥有全面性的整体眼光，我则缺乏这样的视野，但这并非意味着我是一个无知者；所以，我永远不会捍卫一些即便正确却和全面利益冲突，也与我的利益抵触的专业意见。总而言之，我相信你们提供给我的这个职位，必须避免跌入它所带来的光环诱惑（因此，医院、私人诊所和法令条款的存在有其牵制之作用）；必须使这个职位成为一个转动的齿轮，努力让自己的行动与对整体利益的推动相一致。我非常清楚，所以我履职的那天，也会同时签好一份日期空白的辞呈给你们，让你们在认为合适的情况下可以全权使用。"

在这段发言之后，卡洛斯的听众似乎非常满意；于是谈话转向了候选提名可能引发的、与内部斗争有关的实际和具体方面，以及如何避免任何可能阻挠提名的举动。在这一点上，他们建议卡洛斯施展几个小伎俩和五六个不光彩的诡计，来对付与他竞争的同侪。卡洛斯欣然同意，仿佛这些建议只是单纯的作战策略，在明智完善的计划下，问题中所有卑鄙下贱的丑陋一面被掩盖了。终于，达成一致后，他们谈论了一些笼统的琐事，每个人都尽力洗刷掉先前因为阴谋诡计可能留给彼此的坏印象。

告辞之后，卡洛斯开车穿过城市往阿图罗·索里亚街行驶。他和他的心理医生有约，从七年前最后一次的咨询后，就没再见过他了。

前几分钟的会晤很单纯。卡洛斯简洁扼要地回顾了自己这几年来的职业生涯，重点突出了那些可以显示他成功的部分。

"现在有人提拔我出任市政府某一重要职务，政府控制的整个医疗网络都依赖于这个职位。若是做得好的话，将成为跃入更高职位的跳板，极有可能是卫生部。"在结束他的回顾之前，又把最后的丰伟事迹加入。

这名心理医生年纪已长，胡子仍黝黑，戴着一副轻框的眼镜，框脚好像镶入鬓角一般。他倾听着卡洛斯叙述他的伟大事业，并没有露出不耐烦的神情，然而也没有显现肯定或是排斥的态度。他最后只是问：

"你来这儿是炫耀你的成就的?"

卡洛斯听到这个问题,犹如一把厨房用的尖刀插进他身心里的某个居住着虚荣的部位。他就坐在心理医生的对面,两人之间隔着一张与房间的明亮成反比的深色办公桌。他往左侧瞧了一眼,看着那张从前他曾经待过无数个小时的皮沙发。家具的摆设与他的诊所相似。

"不是的。"他改变了先前说话的语气,"事实上,我与一位复杂的病患之间的关系,让我有点儿紊乱失措。我本应该请教其他同事,一起研究他的案例。但是,我的专业让我在该病例面前毫无用武之地,所以只好前来向您请教。"

接着卡洛斯简述了胡利奥·奥尔加斯的情况,过程中尽量避免过多的个人诠释,以免影响对方客观的判断。他非常精简直接地讲述,但并没有因为这问题会涉及个人专业和私人方面的耻辱,而有所省略。

老人家以一种中立的眼神聆听着他的讲述,就像一个理解别人的情感波动的人,而他自己的情绪起伏早已淹没于时光岁月里。他问道:

"您对这一切有什么看法?"

"我认为在这名病患的潜意识里,知道劳拉是我的太太。他企图取代我的位置。另外……"

"您不要跟我谈您的病患,我想知道您怎么样。"

"我拒绝去承认。"卡洛斯犹豫了一下,回答道,"也就是说,以职业的立场来说,我是站不住脚的。我也相信,在某些事件的发展上,我的参与程度,比事情简单的表象所展现的还要主动。我记得非常清楚,当知道公园里的女人就是我的妻子劳拉的那一刻。但是,我无法告诉您,我是在何时就知道了,那一刻远早于他向我坦白的时刻。所以我质疑起自己,在微妙难以诠释的情境下,而且也与我个人的利益相冲突,是我鼓励了他们两人的关系。"

"您为什么要这样做?"老人家问。

"因为这让我沉溺于此迷眩里。直到现在,听着胡利奥·奥尔加斯谈论着我妻子时,还是仍然让我着迷。从现在起,您会把我想成堕落的人。是的,从单纯的观点来看,我的行为像一个庸俗的窥视者。但是我认为事情不是表象那么简单。我从来没有在自己身上看到可以酿成爱情大祸的影子,因为我的野心是通往其他的道路:仕途、专业成就,等等;我也从未隐瞒那些野心。那些平庸的热情——我个人定义的平庸——我总是在妓院和一夜情人之间分配如此庸俗的激情。我不希望激情成为阻碍我前往那条道路的绊脚石。"

"那条道路通向何处？"

"您非常清楚那条道路将通往何方：通往被社会肯定的地位。我从不羞于承认这一点。和其他抱负一样，它是正当的。您应该很清楚，因为您已经实现了这个目标。于是，我和一位我还算喜爱的温柔女子步入婚姻殿堂，因为我认为我能够引导她的能量与我的结合，然后朝这个目标迈进。事情确实进行得很顺利，劳拉放弃了她曾经有机会实现的个人抱负，全力配合我的计划。一切都在掌控之中。除了爱我，她还崇拜我，崇拜我在生活中取得的身份地位。在此之前，我一直想建立一个稳固的家庭，在这个架构下，需要一个有爱，另一个则要有聪明才智。所以，我觉得自己身上缺乏热情反而是个优点。只是，自从胡利奥·奥尔加斯开始在看诊时谈论劳拉，我便无法忽视他这些话所激起的效果。渐渐地，我开始爱上了我的妻子。如果他在某次的看诊中没有提到劳拉，我便会巧妙地引导他开始这个话题。总之，在年纪成熟、工作稳定的四十岁当下，竟然发生了这样的情况。我一直以为可以阻止这类的危机出现。糟糕的是，我无法摆脱这名病患，我殷切地需要他，因为他是维系我和劳拉之间的媒介，借由他的言语，我爱上了她。"

"您知道恬不知耻是什么意思吗?"老人家微微眯起灰色的眼睛,从镜框上方问他。

"嗯,"卡洛斯的脸上显现出些微优越感,"这个词似乎蕴含有道德伦常的意味,我非常吃惊您竟然使用这个词。我建议您对我收回它。针对恬不知耻的用法,我们会理解为每个人对欲望的同意度量,及在适当场所的言语表达尺度。我认为从一个心理医生的角度来评断道德价值观是不正确的;不管是此刻的态度,或是任何其他状况下,都是不正确的。"

"不是我的专业观点在评估这个问题,"老人家维持着他一贯的中立语气回答,"而是您的。"

"我赞同,赞同您的说法。我尽量去做好。我知道我并没有呈现一个好印象,但我也不是为此而来。"

"您确定?您确定不是以相同的态度去妓院:去呈现您在任何地方都不敢显示的另一面人格?"

"哪些地方?"卡洛斯惊愕地问。

"例如说在您和妻子的床上。"

"我来这儿是因为我需要帮助。"

"哪一类的帮助?"

"我不知道。"

"您知道的。您来是为了得到忠告,但我无法提供,因为这不属于我的工作。您与这名病患的问题解决的关键取决于您,而不是我。您还记得从前在什么情况下结束了与我的咨询?过了多久了?"

"七年。结束是因为与您的见解背道而驰:您认为我的临床分析还未结束,但是我持相反意见。您知道我接受的专业训练是完美无瑕的。"

"理论的专业训练。"

"好吧!看来您似乎把我曾作出的一个决定的账算在我头上,而且只算在我身上。"卡洛斯企图让他的声调不要透露出夹带的挑衅。

"您是知道的,"老人家缓慢地回答,"这类的决定并不只属于病人。"

"但我不是一般的病人,我接受过专业训练,有能力提供意见和作出决定。"

"您就是这样做的。但是,您认为一位和您同样有专业知识的心理医生会陷入您的病患所设计的圈套里吗?"

"好吧!我同意您的意见。在过程中产生了意想不到的裂隙,就是因为这样,我前来请教您。我不知道该如何处理。"他的语气里有明显的失落。

"嗯,"老人家轻轻地微笑,笑里带有父权式的味道,"您已经不是我的病患,而我也不再是您的心理医生。诚如您所知,这是一种脆弱的关系,有时候会破裂,之后很难再修复。我们的关系已经破裂,但正因为这样,我可以畅所欲言。虽然您可能认为这是一个命令,但也可以理解为一项建议,我想告诉您:您应该回溯从前未完成的临床分析。一位优秀的专业心理医生,不允许犯下您现在与这名病人的关系的这种错误。您应该多考虑一下这种复杂的关系。您肯定地说无法摆脱胡利奥·奥尔加斯,因为他是您和劳拉之间共同的联结。毫无疑问,您爱着劳拉。然而,根据我所听到的,我认为您真正'爱上'的是您的病患。请注意:你们两人年纪相仿;拥有取得社会地位及重要职位相同程度的野心;都有内疚悔恨的征兆,而且都不愿正视承认;爱着相同的一位女子。当我听着您描述您的病人并诠释他的冲劲时,让我感觉您是在形容自己。您的病人是您的镜子。您说他即将在出版社内担任有分量的职位,这与您现在的经历类似,您也将取得市政府公共卫生医疗体系里的一个极重要的职务。请您仔细想想。我并不是说您只一味想着权力,虽然您的所作所为就是如此。或许您会因为我的这个看法而把我归为卫道人士。问题的症结并不在于对权力怀有野心,而是在对权力的渴望里没有一个合理的逻辑。"

卡洛斯气愤地离开心理医生的诊所,他与自己怄气,干吗以为有必要来请求帮忙。他打开车里的收音机,借由强化脸部的肌肉表情,来掩盖失落的神态。阳光正在天际的最高轨道处遨游,无情地洒落在街道上、屋顶上和行人身上,整体勾勒出一幅贫瘠的乏味画面。卡洛斯感到颈背有如乱针刺扎,神经痛总是预告他即将有看诊病人。他从口袋里拿出药盒,取出两颗胶囊。对于未能引起老医生对他事业成功的赞赏,仍耿耿于怀。第一次,在历经一段漫长的岁月之后,终于可以宣示凯旋的战绩。

那天是星期二,下午他有胡利奥·奥尔加斯的看诊。

13

"生命是多么复杂啊！"胡利奥舒适地坐在沙发上，马上开始说话，"上星期天劳拉来我的公寓，我们一起吃饭、做爱。我还把我的鸟儿掐死了，因为它在最不合时宜的时刻高歌。劳拉最后显得很烦躁，觉得自己有罪恶感，就匆促地离开我的住处。我不知道我们该怎么办，因为我开始认为这一切将不会有任何结果。"

"您认为这种关系可以发展到什么地步？"卡洛斯·罗多从胡利奥背后发问。他概括性的语气缺乏情感的流露，这是他经常对患者使用的声调。

"我真的不知道。但是，只要一切不是以幸福或毁灭作为结局的，都将以一无所有作为收场，绝对的一无所有。昨天我在书房工作了好一会儿，一整天灵感泉涌。我处理了囤积两个月的事情，并写了篇复杂的报告，是关于一位蛮横无理的年轻作者的小说故事集。"

"这篇报告有什么复杂之处？"

"关于故事集的出版，有两种极端的意见。一方面，我无法否认他写得很好；另一方面，我却得建议出版社否决它的出版。请不要问我什么原因。"

"我不会问的。"

"或许是我自己问自己吧！结论是，那天我写了一篇极佳的报告。三张稿纸内容精彩绝伦，句型结构充满'但是、然而'这类反义连接词，藏匿在其间的是我邪恶的念头。如果我可以把那样充沛的精力投注在我的小说上，成果将会很显著。"

"您指的是哪些小说？"

"若您不提这个问题，我会觉得很讽刺。我指的是那些我尚未写出来的小说。对我而言，那些小说在我的生命里占有一席之地。仿佛它们一旦被思索后，随即背负着我的意愿开始在我身后自行发展；也好像是有人经过我的指示，躲在每天生活事件发生的地点，将我的小说书写下来。我们身处一个太过于在意表象的社会里面。例如：您认为您是我的心理医生，我则认为我是您的病人；我的秘书把我当成她的主管，我则把她当成我的秘书；劳拉觉得对我来说她是劳拉，但是她在我心里事实上是特雷莎。我不知道当劳拉和我说话时，把我当成谁；但是我肯定她不是把我看成胡利奥·奥尔加斯。我们生活在这些被广为接受的习俗下。我并不是说这样的惯例是没有任何好处的。由于这些既成的规范，才能营造城市和高速公路，才能建立帝国，创立阶级制度和事物。大体来说，在这样的模式运作下，我们大家都相信事情将逐一延续发展，首次出现的将是下一次延续的肇始者。然而，并非如此。我举一个例子来说明，确切地说，您所处的位子是属于我的，两个角色可以毫无问题地交换。是什么条件使得您是我的心理医生，而我却是您的病患？差异只在于您有资格，而我有需求。您认为有把我治疗好的可能性，我则接受会被治疗好的可能性。虽然我也不知道究竟是什么样的可能。依此逻辑方式，金钱能到处流通，并让因循的惯例往前推进。您与我之间的关系可以在旦夕之间突然更改，而且是无缘无故地发生。很多时候，这一切都还算顺利，因此我也赞同这些规范的可行性，甚至包括红绿灯和政治体制。在这样一来一往的合理过程中，我觉得自己是个有效率的人；我升官了；儿子希望我带他去看电影，等等。只是，我时常在瞬间变得很忧郁很悲愁，转眼成为另一个人——幸亏我们都可以如此被轻易地成功说服——在其他人眼中，我还是维持着先前相同模样的那一个人。这究竟发生了什么事？我和另一世界的事物有所接触。我刚才提到的报告中的那位作家奥兰多·阿斯卡拉特，他有一篇短篇故事，叙述一位作者的小说若以他妻子的名义出书，则大获成功。另外一则我的故事——至少也是，还没书写出来——内容描绘两位作家在火车上相遇，都要出席一个非常重要的国际会议。几杯黄汤下肚之后，他们决定交换彼此的会议论文。其中一位，史无前例地获得他从未在此类型的会议上得到的成功。他的照片和演说被登载于所有文学刊物的头版，最终踏上了荣耀的殿堂。而真正的作者则逐渐走下坡路，以致失败。看到这里，人类真是荒谬，我们坚持寻找属于自己的命运，或是一个确定的身份。若我们真的拥有身份，根本不需要这么多的文件（证件、身份证、护照等等）来证明自己。这就是结论。"

胡利奥停止谈话，轻轻扬起头，盯着他自己的鞋尖看。卡洛斯·罗多不在他的视野范围内。对胡利奥来说，他只不过是个没有本质的物体，体积有些粗大且头发光秃。两人沉默了好几分钟。心理医生终于开口：

"您想以这席话来印证某个结论？"

"试图证明一切的事情都没有结果。"

"就像您和劳拉的感情?"

"没错,就像我和她的关系。或许在这个事情上,我应该谨言慎行。上个星期天发生了一些情况,在某些时刻,劳拉不再是特雷莎的影子,虽然在未来的任何瞬间,她可能还会是特雷莎的替身。事实上,这无法由她或是由我来决定。"

"那由谁来决定?"

"这就是一种神秘,它保留着与另一个世界的关系,我们无法触摸也无法掌握。如果发生在我身上的这一切就像是奥兰多·阿斯卡拉特所写的某篇故事,那他可以全权决定。虽然也不尽然,总让人感觉另有他人叙述着故事,而他是负责记录下来。总之,我尝试好好对您解释,看看是否有所帮助。我总是爱上那些我认为她们身上拥有我缺乏的东西但都与我有关联的女人。其实,女人都带有的某些片絮是隶属于我的本质里的;而总有一个女人汇集了所有的片絮于完整一身,于是我便坠入爱河。理所当然地,她们都否认她们是属于我先前拥有过的类型。就像劳拉否认特雷莎驻扎在她的表情里、眼神里、声音里,和她在我胸前撩拨秀发的样子里。经过一段时间或是感情发展到某一程度时,那种似曾相识的感觉就会明显蜕变,逐渐呈现另一个她。于是，那名我曾爱过的女子开始拥有一种坚固凝结的外貌，却也因而缺乏能量来拥有其他事物。也许在她身上会留有残存碎片，或是先前完整性的光彩；但是这不会满足我追求完美的渴望。有时候我想，女人拥有的、环绕其身上的，她们一个传给一个，借以让我痴迷疯狂。这个见解可能让人觉得荒唐。但是事实上，女人之间是一个共同分享利益的团体，我们男人无法登堂入室。她们在其间共同分享秘密，把我们男人排除在外。最近这几天和劳拉做爱，当我把阳具插入她时，我体会到，借由阴暗的管道，她的阴道将与其他和我做爱的女人的阴道穿流相通，包括以前的和未来的恋人。我的阴茎插入，产生了让这些管道相通的结果，所有的管道一起开启了劳拉的洞穴。于是，在她身上无数丰沛的泉水奔流，足以形成一条河川，把我的阴茎淹没在里面。"

"您知道什么是胡言乱语？"卡洛斯打断他的话。

"我现在说的就是胡言乱语。然而一切都可以说是荒唐行径，就在于我们从何种观点来切入。实际上，不管我们承认或是不承认，在占有某物的立场上，女人都是我们的共犯和支持者；而我们之间有这种相对关系。有些女人——尤其是我经常会爱上的那类女人——似乎比其他的聪明，她们清楚地追求一个我们大家都在寻觅的目标，虽然每个人的方式不尽相同。例如特雷莎，她是汇集所有于一身的整体结合和荒谬事物的接受者。劳拉亦和特雷莎类似。无数女人和劳拉一样拥有一头披肩秀发，她们之间互不妨碍。"

"您是故意胡扯一通。诚如您一开始所言，我们无法得到任何结果。您今天从头到尾的一切论调，如同一团烟雾，您因为害怕去分析所发生的事情，便将恐惧隐藏于烟雾背后。"卡洛斯说。

"真是故意胡扯一通！"胡利奥带着微笑望向天花板。"这是玩文字游戏嘛！若是从我口中说出这句话，您就把它诠释为邪恶言语。对了，我应该告诉您一个写作方案，或许您会觉得有趣。上星期六我突然灵感一来，把您加入，让您成为我的某本小说里的人物之一。我已经着手写故事了。内容叙述一个像我一样的某人，他与某位像您一样的心理医生约诊做精神分析。然后他爱上了某位像劳拉一样的女人。后来，才知道劳拉竟然就是医生的妻子，也就是说是您的夫人。到此，小说情节将可以朝多元化的方向发展。"

"您一一列举出来吧！"卡洛斯·罗多换了他一贯维持

的中立语气。

胡利奥描述了几种可能的剧情发展。

"我认为您漏掉了一种可能性。"卡洛斯补充说。

"哪一种?"胡利奥发问。

"心理医生和他太太知道发生的一切事实,然而病患却被蒙在鼓里。"

"哦!这个可能性被我忽略了。因为我除了是作者之外,也是主角。总不会让自己在故事里成为一个笨蛋吧。此外,从单纯的叙述角度来说,这个情况也不可能发生。至少一位受肯定的专业心理医生——就像您——不太可能去玩这样的把戏,也不会与小说里面的病患太过接近。这种情形可能发生在真实生活中,虚构的创作里是永远不可能的。"

"为什么不可能?"

"嗯!日常生活里到处充斥着令人难以置信的事件,这些都是写作的好题材,即使它们缺乏所谓的逻辑。但有利的是,这些事情确实在生活里发生过。同样的事件,在小说里出现却让人觉得虚幻不真实。现实生活与小说中的所谓真实性定律是有极大的出入的。"

"哪些是您所设想的可能剧情?"

"这就是问题症结所在。每个可能的情节都适合发展下去，但是都无法达到故事的结果。"

"今天也没有达到任何结果。"

"我想表达的是，不管我多少次思索这个问题，总无法找到一个与我设计的这些可能性衔接的结局。应该说，所有的可能性都通往同一个我拒绝接受的结局。现在您应该问我结局是什么了吧？"

"结局是什么？"卡洛斯毫不迟疑地发问。

"犯罪。"

"哪一类的罪行？"

"本质上是一个因情欲纠缠而造成的罪行。但是形式上是智能型犯罪。两个恋人在这个犯罪过程中大获全胜，太过完美，无法找到破绽。"

"根据这样的情节架构，死者就是我。"卡洛斯以悲伤的语气说。

"我没有期待您以这样的方式与我的小说人物对号入座。真是非常谢谢您。"

"我想表达的是，或许您虚构的故事情节是针对我个人的实际威胁的翻版，只不过您不敢直接将讯息传递出来。"

"嗯，这是最不可能的。我不否认您对我来说是代表有威权的人物，我们之间的纽带关系，我还无法击破。据我所知，表现出这样的权威，也是您工作的一部分。但是，若您不介意，我们现在是在谈我的情形，而且我是作家本人。"

"您是作家？"

"没错，医生。成为作家的先决条件在于性情。最单纯的作家是一生中从未写过一行字。宁愿没有失败的作品出现，也不要让人评断他。"

"在以前的看诊中，您对此的看法迥然不同；好像若是您没有天分写作，对您是种折磨。"

"我可能会很悲哀。但是今天我的心情很好。"

"什么原因？"

"我不知道。可能是我已经着手写这本小说；也可能是我预感即将有事件发生；也可能是离开这里之后，我将前往公园和劳拉碰面；也可能是我将发现自己其实并没有在恋爱。"

"这对您是解脱吗？"

"我想是的。这让我可以将全部精力投注于小说的创作。一面写作一面享受人生是不可能的；作者不可能同时也是小说中的主角。"

"为何不相容？"

"我不知道。事实就是如此。"

"您说您预感将有事情发生。您指的是哪方面？"

"有时候，我会对已经在另一空间发生的事情有预感或感应到其征兆；但是目前这种感觉尚未在这个空间显示迹象。举例来说，我父亲将面临死亡的威胁；或是我回到家发现小说写好放在桌上。"

"若有可能发生的话，这两种情形您选择哪一项？"

"这是一个不真实的二选一抉择。两件事基本上都是不可能的。"

"好吧！我们回到先前的主题。您提到不希望小说情节以犯罪的方式作为结局。然而，您还没解释原因。"

"这涉及一个无聊的问题。从某一个角度来说，我的小说内容可以是错综复杂的游戏；情节以三角爱情关系为主线，加上无数的可能情形来制造困惑和暧昧的发展，使之成为喜剧小说——假设这是读者所希望的。假使在内容里添加犯罪行为，除非转成剧情小说，否则将成为悬疑小说。那是一种较不受重视的文类。"

"因此，犯罪行径并不是解决冲突的方式。"

"对此小说来说却是。犯罪使痛苦得以解脱，并将每个人带到他所属的位置：死者沉睡于他的盒子里；谋杀者陷于逃亡的窘境；怂恿者于愧疚感；继承人于缅怀逝往之情；读者于良好道德之轨。总有一些情形将人紧紧困在死胡同里，必须借助犯罪才能逃离。但是我并没有被迫去写一本这类的小说。此外，在这个故事里，犯罪只是将情况带到另一个死巷。把心理医生除掉之后，病患和医生妻子还能继续相爱吗？假若答案是肯定的话，需要三十页来好好发挥，结果才能具有真实感。假使是否定的，则故事就成为残缺不全的。因为两个相爱的人，为何要替没有共同的未来而计划谋杀？这没有任何意义。"

"您远比我清楚小说的架构这类事情。但是据我所知，小说发展的过程并不经常与作者当初所默认的模式相吻合。"卡洛斯插嘴说。

"您希望死者是我，我不会指责您的。事实上，剧情也可以演变成心理医生谋杀了他的病人。但是，若是如此，就没有任何立场了，因为故事的叙述者是病人。然而，今天吃饭时，我思索着怎么将您提及的观点再稍微扩大到可能性的范围，并给予读者一些冷酷的细节，例如说，在尸体的嘴唇上轻轻涂上口红；让读者从医生和他妻子的角度观看部分谋杀过程。这都很不错，只要我可以维持冷漠的立场；然而个人经验告诉我，所有的人物、角色，开始只是单纯在叙述技术上的作用，当他们进入故事不久后，就也渐渐地取得更多的扮演机会。不管如何，您刚刚提及的这个新的小说结局也证实了我们先前的论调：所有的一切都是可以更换的，甚至是一个突发的偶然。在谜团般的喜剧里，没有人是完全像他角色所呈现出来的样子；因而无法归为写实小说。我不想写一本写实小说。"

"感觉上，任何一类的小说您都不想写。"

"当然，除非这本尚未书写的小说将来会出现在所有的百科全书里，并将会有各种语言的无数论文为它做评论分析。艺术的分量越是轻微到无法承受之时，越是靠近未知的中心：痛苦的深渊。"

"读者在这一切中扮演什么角色？您已经提了三次。"

"有一本侦探小说，我不记得作者是谁，读者在故事里成为受害者。读者基本上是一个无法掌握的主体。他参与剧情，然后让内容困顿难行；包括了他的喘息、他每次点燃打火机的声音。而这个角色经常是所有人里头失去最多的。我郑重告诉您，因为我在许多的小说里就扮演这个角色。"

"他失去了什么？"

"时间及天真。生命啊！"

"好吧！"卡洛斯提高声调说，"今天的约诊到此结束。从现在起到礼拜五，您最好想想更换另一种态度来做分析。今天的心理咨询变成了一个有计谋的游戏，回避去碰重要的关键性的东西。"

"您只有看到我忧伤失落时，才认为治疗是有效的。"

卡洛斯·罗多没有做任何回应，只是伸出手，递向他的病人。后者看了看他心理医生肩上累积的头皮屑后，握手，离开诊所。

14

胡利奥走到街道上,先前几个小时天气过度闷热,阳光隐没在层层的云朵背后,然而空气中仍然携带着干燥的因子,没有任何迹象显示未来几个小时可能会下雨。

他心中急躁没有耐性,只想快速穿过贝尔加拉王子大道,于是从马路中央没有红绿灯的地方横越,差点儿被一辆疾驶的汽车撞上。开车的人非常气愤地辱骂了胡利奥,但胡利奥并不予理会,继续往公园方向走去。然而,当他停下来深呼吸让心跳平缓时,还是听到背后隐约传来的阵阵责骂声。一对年轻的情侣和他一起横越马路,并观察着他。从他们的眼神里传递出对他的看法:他的衣着邋遢,或者他是一个打着领带的乞丐。他发现即使天气已经热了起来,身上还是那件穿了一整个冬季的风衣;他满身大汗,头发凌乱。骤然,从两位年轻人无礼的目光中,明白自己在时光中老去;他无法接受这一成为定局的事实。

于是他往回走,进入附近的一家咖啡厅点了一杯威士忌后到洗手间去。在里头,他脱掉风衣,整理领带,用手梳理头发,凝视着牙齿以便检视在这几年间渐渐失去的洁白色泽。他觉得自己仿佛在打理一具尸体,对着镜子前面的影像喃喃自语,并给他一个苍凉的微笑。

他手上搭着风衣走回吧台,一口一口喝完威士忌,让滋味慢慢地蔓延沉淀在他急需刺激的那块情绪区域里。在他背后靠近吧台的一张桌子上,一对青少年情侣正为爱争吵着。女孩红着脸缩在及肩的头发后哭泣。服务生对胡利奥使个眼色,说:"他们有一辈子的时间可以干那档事,所以还有时间可以浪费在争吵上头。"

这句粗俗的话狠狠地击中了胡利奥某处的意识,而接受事实的那一刹那,他感受到与之前面对母亲为他准备的汤的心情波动相同。他整个人僵立在那儿有好几秒,右手托在吧台上,希望这一切只是短暂的影响。从服务生盯着他看的茫然不解的眼神中,他知道自己脸色变了。于是他喝了一口威士忌,若无其事地将目光转移至吧台边的电视机上。屏幕上,一位长发女子带着惊奇的眼神宣布,由年轻教士带来的葛利果赞美诗歌演唱即将展开。画面马上切换至着黑长袍的教士们身上,摄影机闪过他们每个人的脸,呈现一张张淳朴的笑容。经过几秒之后，一位看起来年纪较大的教士离开他的同伴，转身背对着观众，准备指挥他们献唱。随即流溢出《国际歌》的主题旋律。

胡利奥付了钱离开了咖啡厅，街道上没有任何交通阻塞，车辆川流行驶或是依惯例停止，仿若远方有个控制处在管理。路上的行人以有效率的步伐迈往各自的方向，他们的表情好像受到本身内部机械式的运作指使。此刻云层化成一片针织制品，镶嵌在一个框架里头。

公园入口处有一群老年人在玩着滚球游戏。那些更年迈的，走动时，身躯仿佛拖曳着腐朽的钢铁，似乎他们将钢铁穿在身上以便延长时间，而不是方便升天通行到死亡之途。

胡利奥一边走向他通常与劳拉相见的地方，一边埋怨着发烧的轻微症状，这让他注意到身体各处的关节部位，特别是腹股沟和肩膀。这种感觉却是异常兴奋的，赋予一个稳定的身体状况及清醒的头脑，随时准备好做任何抉择或献身于某种情感。

然而，劳拉并不在那儿。他在稀疏的树木之间来往穿梭寻觅她与她的女儿，并避免被同一群女人发现他的形迹。最后，他放弃碰面的目的，离开公园，找寻停在附近的车子,然后往办公室驶去。在这段短暂的旅程中,他决定继续爱那名女子,并没有感染任何忧伤的情绪。相反地,一股奇妙的安全感驻扎在他的胸口,而盼望的讯号从那儿往他的太阳穴滋长。

他的秘书已经离去,但是在他桌上留了一张纸条:"你的大老板打过电话,他想见你。罗莎。"

他拨了四位数字,在等待的几秒的同时,眼睛盯着计算机上贴的一张纸。终于电话接通了,他说:

"我有张罗莎的留言说你想见我?"

他挂上电话,迅速往总编辑办公室走去。

"你还在上英文课?"胡利奥一进门,总编辑就问。

"是啊!"胡利奥回应,"语言这东西是个陷阱,你知道得越多,就越清楚要达到完美境界需要更多的学习。最近我还在看牙医。"

"怎么了?"总编辑以惯常的语气询问。

"没事,只是几颗臼齿有问题。找我有什么事?"

总编辑打开抽屉,拿出奥兰多·阿斯卡拉特的原稿,外皮有根回形针夹着胡利奥的报告。他看了一下原稿,抬头望着胡利奥说:

"我以为那天你明白了我的意思,我们要出版这本书,这是上头派下来的指示。"

胡利奥沉默了一下,观察到右边有个目录盒,仿佛其中装着极大的利益。他回答:

"我没有任何异议。要是你仔细阅读我的报告,你会发现我并没有批评这本小说。只是商业营销方面让我有点儿忧心。"

"没有必要。你不必为此担心。把报告拿去修改,表达得清楚些,因为有些句子写到最后你像是忘记开头是怎么写的了。你要知道,秉公处理,这是你要负责的决定。"总编辑将问题轻易地带过。

"好的。"胡利奥以一个会心的微笑回应,但总编辑似乎没有领会该微笑的意义。

他回到办公室,将原先的报告撕碎,重新撰写。写到第三句话时,他开始得心应手,灵感不断地从笔下的词汇里泉涌,将它们顺利地组合,仿佛几何学游戏。他一点儿也不记恨奥兰多·阿斯卡拉特。事实上,他觉得自己并不是那么没有大家风范的人。《柜子里的光阴》将会大放异彩,而他将是幕后功臣。

七点钟他离开办公室。天空的云彩已失去先前的清澄光亮,成为灰暗沉重的累积,艰难地朝南方移动。当他前往附近停车场去开车时，途中有人叫他的名字。那个人虽然已经秃头，却保有年轻的神采，像是一个老去的青少年。他穿着牛仔裤，一双黄色的鞋，上半身里面是七色彩虹的衬衫，外面则是皱皱的白色线衫短外套。

原来是他大学时期的同学里卡多·梅利亚。他已出版了好几本冒险小说，而且都获得了不错的反响。这几年来，胡利奥和他在新书介绍或是以文学名义举办的酒会上遇到过四五次。只是胡利奥总是避免与他进一步接触。对未曾出书的胡利奥来说，一方面忌妒他的际遇，另一方面则轻蔑他的穿着及写作风格。里卡多坚持与他喝一杯聊聊，胡利奥经过斟酌，决定舍弃回家关闭在公寓里的念头，遂接受了他的邀请。

附近的咖啡馆恰好都没有空位，于是里卡多·梅利亚建议：

"不如到我家去，我住的地方离这里只要一分钟左右，在协亚-贝尔穆德斯街上。我们会比较怡然自在些。"

胡利奥没有意见，觉得面对一个二线作家很轻松，他知道自己是一线编辑。加上一路上都是里卡多·梅利亚负责说话，他只是偶尔添入单音节的声音回应罢了。事实情境有些吊诡；发烧的"甜蜜"滋味仍持续在关节里咀嚼，强迫他意识到肉体器官散布在躯壳各处。他对他自己的认知犹如一长串的声名印刷在一张平面相片上，借由它来诉说他的一生。

他们走进一栋豪华的大楼，门口有两位警卫及一位管理员监控。

"因为这里住着一位部长。"里卡多·梅利亚在电梯里解释原委。

他的家非常宽敞，里头摆满非洲及南美洲的艺术品。客厅呈H字形，在每个角落都摆设了一张皮沙发及镀金边的玻璃桌。墙壁上有好几扇窗户，并以象牙、各种动物的皮饰及乐器来装饰。而胡利奥根本不清楚大部分的乐器名称。一个女人和一个大约十五六岁的青少年正在客厅中央的波斯地毯上玩四子棋。女人一头金发，眼睛不大却闪耀着光芒。她约莫四十岁左右，但是成熟的生命阅历反映出她的耐性及细致。她的鼻子大小适中，嘴巴则有些放肆随性，仿佛专为微笑量身定制。橘色的T恤里头没有穿胸罩，将娇小的胸部突显在一个与身材成和谐比例的率真气氛里。当她靠近时，胡利奥发现，在她紧身的裤子上没有任何内裤落印的痕迹。她衣服里头完全没有穿内衣裤。

"这是我太太和她与前夫所生的儿子。"里卡多指着他们向胡利奥介绍,"这位有来头的先生是胡利奥·奥尔加斯,他的出版社出版了很多好书而且价格还不便宜。我们是大学时代的同学,也是其他活动的伙伴。"

"你们要不要玩棋子?"她问。

"好啦!两人一组,"里卡多说,"你跟我的朋友一组,我跟你的儿子。"

胡利奥对于能与这个女人同组很感兴趣。他很想喝杯威士忌,却没有人问他想要什么。青少年身边有罐可口可乐。

"你叫什么名字?"他一边移动棋子一边问她。

"劳拉。"她说的时候露出牙齿,胡利奥觉得她的牙齿和墙壁的装饰好搭调。

"我有一个朋友也叫劳拉,可是不是你。"他说。

"这种事很难预料,谁知道呢?"她微微眨一下眼睛,让人感觉仿佛有轻微的近视,"里卡多!轮到你下棋。"

他们不发一语玩着游戏。青少年心不在焉,却以一种奇异的方式掌控棋盘上的棋子。在结束一盘游戏之前,里卡多站起来,邀请胡利奥跟他聊聊,妻子和她的儿子两人则继续玩。

他们来到应该是厨房的地方,但这里看起来像是手术房。里卡多从柜子里拿出几个小信封。

"他们一整天都在玩棋子。我们来吸一点儿东西。你看,这是从哥伦比亚带来的纯古柯碱。"里卡多说。

胡利奥遵照他朋友的指示,当粉末的味道在鼻子前散溢时,他抑制打喷嚏的冲动。

"我很喜欢你太太。"他以一种不偏不倚的语气叙述,好像在转述别人的观点。

"她是那类可以让成千的男人为之痴狂的女人。我曾想欺骗她,却做不到。"

"为什么?"

"因为她拥有其他女人所没有的神秘魅力。"

"哪一种神秘魅力?我就像我的心理医生一样问问题!"

"我不知道,就是一股神秘的气质。面对一局棋盘游戏和准备到中国旅行,她可以拥有同样高昂的兴致。就好像看待事物的价值观没有很大区别。你明白吗?此外,常常让人觉得她好像刚从某处返回,而那儿是我们一般普通人无法前往的地方。"

"嗯!"胡利奥依旧保持他不偏不倚的态度。

他们面对面坐着,中间隔着一张中央摆着饰品的白色大桌子。里卡多为他斟了几杯的威士忌。他摸了好几次顶上无毛的秃头后说:

"还是先不要喝酒,先让古柯碱发挥一下作用。"

"我有个肿瘤长在后面这儿,以后可能会成为癌症。"他接着说。

"哪一种癌症?"胡利奥问。

"'塑料'癌症,比较卫生的一种癌症。"

两人短暂地笑了一会儿,又陷入沉默,但是双方似乎都蛮愉快的。胡利奥看了看厨房的家具设备,品酌了一口威士忌,然后发问:

"里卡多!你从哪里赚这么多钱来过这种安逸舒适的生活?"

"啊!这里一点儿那里一点儿,生意嘛!我目前没有可以变卖的资产。我想先写完一本小说和两个电影剧本,然后到丛林生活一段时间,做做笔记。"

"和劳拉一起去?"

"不,她留在这儿,她把我当成海明威。"

胡利奥开始思索,他很清楚一些想法正在脑海里盘旋,并分成章节形成见解登载于记忆里。他观察自己观念的运作一点儿也不费神,如同注意墙壁上那有透明外壳的钟表摆动一样轻松自如。

他推断里卡多是那种不费吹灰之力即可赚到钱的人。因为对方聊到去丛林生活的自然神情就像上餐厅一样稀松平常。他喝了一口酒之后说：

"小心点儿！你不要落得个坐牢或类似的下场。"

"为什么？"里卡多问。

"人不可能拥有这么多的幸运却不需要付出代价。"胡利奥回答。

里卡多琢磨了胡利奥的言语好一会儿。终于他作出了回应：

"你这是非常天主教徒的观念，认为若没有任何苦难就无法换得什么，因此你一直无法写出一本小说。"

"此刻我正在热恋中，"胡利奥说，"若一切顺利，我会写出一本小说的。"

"爱情对写小说没有帮助，反而会占用许多精力。"里卡多拿着杯子碰碰桌面，产生的韵律只有他自己在听。

"你还记得《国际歌》的旋律么？"胡利奥问起。

"当然！我们以三种不同的语言唱过。但是现在我已经不听了。"

"我还听，但是它对我已经没有年轻时的魅力了。对了，你年纪比我轻，头发怎么已经光秃一片？"

"做化疗的结果。"

"那是当然。你可以帮我一个忙吗?"

"你说。"

"你可以帮我干掉我指定的某个人吗?他是一个工程师。"

"代价是什么?"

"我替出版社买下你正在写的小说。"

"再说吧!这几天再打电话给我。"

接下来的十五分钟又是一片静默。偶尔他们说笑着自己的一些事情。里卡多在坐下之前又抚摸了他光秃的头。胡利奥叹了一口气说:

"真是荒谬!一个人一整天必须面对多少次的情绪波动啊!今天我的心情起伏多变:有两次是嘲讽的;两次是悲伤的;一次是快乐的;一次是沮丧的;两次是兴奋的;两次是萎靡的。"

"好像是彩券的数字。那现在的心情呢?"

"不错,谢谢。你呢?"

"我也不错。你家人呢?"

"都还好!都还好!谢谢。"

"不客气。"

威士忌一喝完,里卡多随即又斟酒。

"里卡多！你写作的时候可以达到你所要的境界吗？"

"你指的是什么？"

"那样的境界，灵魂深渊的境界。"

"我写的是探险小说，内容有艰险困境，有悬崖峭壁，有山谷隧道啊，等等。但是你所说的境界我没写过。"

"当然，这只有诗人才会去追求。"

"诗人啊！阴阳怪气的族群。"里卡多的语气里并没有任何挑衅的意味。

"我几乎忘了要抽烟！"胡利奥从外套的口袋掏出一包烟。

"我不抽烟。无论如何我已经得了癌症了。"

"是啊！你得的是'塑料'癌症。你不要生气哦！这可是你自己说的。"

"最好是这样，我才可以用洗洁精清洗。不像其他的毛病，囤积成一团垃圾。"

胡利奥聚精会神地抽着烟，他的头脑如计算器似的精确运作，烟的滋味很特别，比他平日离开戏院后抽的还要浓稠。突然之间他想起一件重要的事情，连忙说：

"里卡多，我得到的结论是，生命是永恒的。"

"那你可以走了。我还得写完一本小说、两个电影剧本，还要玩五盘棋。"

他们站起来，里卡多陪胡利奥走到后门门口，当胡利奥要道别时，他说：

"我把风衣留在你家客厅了，不过无所谓，就送给你吧！反正天气已经好转了。"

"那我把这件时髦的夹克送给你，洗它的时候，让它自行晾干，才会形成自然的邹褶纹路。"他边说边脱下衣服。

出来时夜晚已蔓延城市。一道闪电生动地在天空划下痕迹，胡利奥停在人行道上，专注地凝视好几秒；他清楚闪电只是短暂停留，他却驻足在那儿仰望它，自己的侧影仿若凝结成一盏霓虹灯。闪电的光亮消失后，随即响起雷声，它的回音与停在胡利奥对面正处理废物的垃圾车的嘈杂声互相呼应。

他向位于两条街之外的出版社停车场走去。打落在他身上的雨点虽然不是很大，却下得很突然。他迟缓地往前行，速度如坦克车或挖土机一样笨拙，然而每一步却都坚定而准确地放落。在那个时候，没有任何事物可以阻挠他强而有力的稳健步履。

一到车里，引擎声像交响乐，直觉告诉他将会有事情发生。劳拉的丈夫可能会死；或是附身成为胡利奥。于是他将可以取代对方的位子，与劳拉共度一生。他心想，我将把儿子接过来一起住，这样伊内丝就会有一个哥哥。要是事情没发生，那就会发生永恒的生命；永恒的生命！不！还是当成轮回里的某一世吧，不要当成永恒的生命，因为或许也不是所谓的永恒。不管如何，他的灵魂将与劳拉的灵魂比翼双飞，越过海洋穿过河流来到丛林。在那儿遇见里卡多·梅利亚躺在树干上做笔记。而他旁边有一群大猩猩玩着棋子。

一回到公寓，电话响起。他连忙接起话筒。

"喂！我是……"

"胡利奥！胡利奥！是我，劳拉。我打了好几次电话给你。"

"我不在家。我还没有神奇力量可以同时出现在好几个地方。因为在公园没有见到你，所以我跑去自杀。但是一个朋友阻止了我，因此回来晚了。"

"胡利奥，你怎么了？你喝了酒了？"

"是啊！喝酒为了想你。我希望我们生活在一起，我的儿子也和我们一块儿，这是为伊内丝好。"

"我也想。胡利奥！我也想和你在一起。但是我们必须等。因为这样，所以我没去公园。现在不是我们见面的时机。"

"将会有什么事发生来解决我们之间的状况，是不是？"

"是的！是的！会有事情发生的。"

"对了！鸟儿的死亡是一次意外，因为鸟儿都太脆弱了，一下就心肌梗塞而死。"

"我知道。你现在不要再为这件事担心了。而且，你知道吗？其实那天我还蛮喜欢的……"

"如果你喜欢的话我可以再买更多鸟儿，每次我们做爱就杀掉一只。你先生现在在哪儿？"

"在他的办公室工作。"

"这么晚我通常不工作了，我可以当个好丈夫。"

"因为他必须写一份报告。胡利奥！我不跟你说了，好好照顾你自己。不要因为我而喝醉酒，凡事都会解决的。去睡觉吧！不要借破坏家具来伤害自己。切记，不要和我见面，我会再打电话给你。献给你一个吻，一个深情的吻。再见。"

"再见！我的心肝宝贝！瞧！人在年轻的时候，无法说出我的心肝宝贝这样的话，因为那时的社会改革让这类的话很不合时宜。我一直是个很严谨的人，但是现在我要买一件和里卡多·梅利亚相同的 T 恤，并穿上他那件摩登的夹克上班;然后一整天叫我的秘书罗莎'亲爱的'。"

劳拉早已挂掉电话。胡利奥把听筒放回电话机上,盯着仍在原处的鸟笼,然后躺在沙发上以便观察坐在桌前埋首苦干的那位"想象的作家",看着他写下标题为《在你的名字里失序》的小说。于是,那历史性的一刻将属于他的剧情、他的情节、他笔下的一个紧凑的故事。在里面,他将把因特雷莎名字消失而产生的缺口慢慢缝合,并缩短劳拉名字所代表的距离。

15

"你今晚还要工作啊?"劳拉边收拾餐桌边问她的丈夫。

"是啊!"他回答,"我必须把市政府的这份报告做完。"

卡洛斯手中拿着几个杯子跟在太太后面走到厨房。

"那你为何不留在家里?在客厅工作你会很舒适的。"

"我在诊所工作比较容易进入状态。况且我的文件夹和打字机都在楼上。我还想再喝一杯咖啡。"

"你想上去就上去吧!我会和昨天一样帮你把咖啡装在保温瓶里,待会儿帮你拿上去。"

"如果女儿醒了呢?"

"天啊!只不过上去又下来而已。"

卡洛斯脸上露出沮丧且又疲惫的神态。劳拉清理完厨房里的餐盘器具后,去看女儿是否好好盖着被子。然后,到浴室打开位于洗脸槽上方的柜子,拿起一小瓶药,取出两颗药丸喝水吞下。她在浴室内换上挂在门后的一套蓝色居家服。

回到客厅后,她在电视机前打毛线。

"什么节目?"卡洛斯问。

"我猜是希区柯克的电影。"

"我待一会儿再上去。"

"随便你。我等一会儿再帮你弄咖啡。"

两人看着电视不语。播放广告时,卡洛斯以随性的语气问:

"伊内丝跟我说你们都好几天没去公园了。"

"因为这几天出现了一个失业的人,他很烦,老是坐在我们旁边不停地说话。"

"他骚扰你们?"

"还好,但是有点儿烦人。下星期我们去看看他是否已经厌烦了,不再出现。"

停顿了一下之后,卡洛斯不太有把握地问:

"你这几天好点儿了吗?"

劳拉专心手中编织毛线的动作,并稍微瞄了一下广告正在介绍的产品,然后回答:

"我没那么紧张了,家事其实让人精疲力竭。你不必为我担心。你自己的事呢?"

"几乎确定他们要将职位给我,但是因为我不是公职人员,所以必须费一点儿力气去争取。我希望赶快完成报告呈上去,让一位市议员气死。他想安插他的朋友来接这个位子。"

"是啊!你的朋友也想把你弄进去。反正政治就是这样。"

"不一样。我们这边准备了一个现代化的方案,非常受肯定。这些模式的运作在其他国家已有良好成果。只是我们国家严重落后了他们一百年。"

"你赚的钱会比现在多吗?"

"薪水不会多很多,而且我的病人还必须转到其他私人诊所,我得分配名额给其他同行。"

"这样他们就欠你人情了。"

"当然。但是这个职位只是一个跳板而已,我的目标是进卫生部。"

劳拉的视线从她手中的编织往上移动,她微笑起来。

"你想要当部长哦?"她天真地问。

卡洛斯也附和地微笑,接着说:

"我并不是毫无准备的。我快要满四十岁了,对于二十年来辛勤读书及卖力工作,这个年纪该是收获成果的时分。有一个理论说,若你在四十岁这个阶段可以担任拥有核心权力的职务，那么你一生都将在此轨道行走。所以，如果我现在不做，以后就不会做了。"

"以后你还是会做的。"劳拉继续打毛线，"你有很坚韧的意志力和很好的人际关系。"

"我是会做的，如果还能平心静气的话。"卡洛斯以些微激动的嗓音说。

劳拉叹了口气，接着说：

"家里都在掌控之中。"

"我们可以谈谈再生个小孩的事吗？"他以较坚定的语气询问。

"卡洛斯，请你不要太轻率行事。"劳拉回应。

广告时间结束，重回电影的黑白画面。因而劳拉发表意见说她较习惯彩色电影，黑白影像对她来说好似讣闻。

卡洛斯仍在沙发上坐了好几分钟，之后他站起来，并做了个要工作就得要消耗体力的姿势。他看起来好像比较有精神，眼神里闪过作出了决定的光芒。他表示：

"我上楼去工作了。"

"下个广告时间我帮你送咖啡上去。"劳拉说话时并没有抬起头看他，"我会多加点儿糖，因为糖分对体力的消耗有补给的作用。"

当她的丈夫关上门时，劳拉停下手中的编织并将它放在柳条篮子内，将电视的音量调低，走到电话边拨给胡利奥。

"喂！胡利奥！是我，劳拉。"当对方听电话后她急忙说话。

"喂！劳拉！我有预感你会打电话来。"

"你今天比昨天好点儿吗？"她问他。

"好一些，我一整天都因昨天的宿醉不太舒服，但是现在还好。劳拉，"胡利奥踟躅地说，"不知道是因为身处壮年还是春天到了，我终日欲火缠身，因此今天已经自慰了两次……一直想着你，我心中所思念的和嘴里所呼唤的全是你的名字。"

"不要说了，"劳拉回应，"你让我心猿意马。我们必须等待。你没有发现变化即将来临吗？"

胡利奥停顿了数秒，最后终于说话：

"是的！这几天我总觉得有什么预感或是将被告知某事发生，我是从另一个模式来看的。劳拉，我昨天喝得烂醉如泥，今天我只喝了几杯威士忌。我还想和你住在一起。"

"你不想独自终老吧？你现在在做什么？"劳拉以挑逗的语气勾引他之后，微笑问着。

"我在看电视里播放的一部希区柯克的影片。结束后我要去写小说。我在写一本小说。"

"要是你写的小说跟那些短篇故事一样好的话就棒透了。你会把小说献给谁?"

"献给你啊!我的爱!对了,我买了几件牛仔裤和花T恤,我厌倦了穿西装打领带,那使我看起来更老。"

"像你这么瘦,穿牛仔裤一定很好看。"

"你觉得我把车子卖了,然后买一台重型摩托车载你跑遍欧洲好不好?"

劳拉愉快地笑着。胡利奥又说:

"我是说正经的。昨天我和一位差不多年纪的朋友在一块儿,他已经秃头了,但是看起来很年轻,因为他的穿着是另一种风格。他送我一件非常好看的白色夹克,就是有邹褶纹路的那种。"

"亲爱的!你刚说今天喝了几杯威士忌?"

"嗯,两杯,但是容量很大。"

"春天真是让你抓狂!"劳拉拖曳着字句、声调激动,好像她自己化成春天翩翩飞舞。

"劳拉!是你让我疯狂!"胡利奥倾吐真言。

周遭沉寂了片响,仿佛两人同时宣布停止这段经由这个无法相见的机器所传递的对话,或是因先前的兴奋绊了一跤跌倒在地。

"我得挂电话了。"劳拉仓促地说,像是有人靠近了电话一样。

"千万不要忘了我!"胡利奥央求,"不要忘了我!我的爱!"

劳拉挂断电话后去厨房煮咖啡。当她回到客厅时,电话响起,是她母亲打来的。

"你跟谁在通电话?孩子!你只会聊天吗?"

"我和一位很烦人的朋友通话。你和他两个人让我无法静下来看影片。"

"这部影片已经是第三次或第四次回放了。卡洛斯呢?"

"在楼上工作。"

"一切都顺利吧?"

"好像是吧!没有强劲的竞争对手。"

"看看他是否幸运,他就只需要运气罢了!"

劳拉决定打破对话的内容,以沉默代替言语。只是她母亲再度燃起火苗。

"可怜的人正在受苦……"

"你是什么意思?"劳拉问。

"我指的是你们之间,你们两人的关系并不太好。"

"妈妈！别再说了。"劳拉生气地说。

"还不是你引起的，"她母亲应话，"说实话，你是不是有其他男人？"

"你说什么啊？我根本没有时间。"

"听着，孩子！婚外情看起来不错也很美，但是你知道的，这种关系不会持久的。即便没有更糟糕的事发生，也还是会留下污点。"

"你在以过来人的经验告诉我吗？"劳拉以一种计较的恶劣口吻说话。她想挂掉电话，但是无法摆脱她母亲的言语。两人都很有把握地袭击对方的防卫，却仍无法击破维系彼此的稳固的纽带。她们共同居住在一个结的内部，这个结是由复杂良知所形成的曲折迷宫系紧打成的。而在结的里面，她们以渐进的方式在各自纠缠的迷惑里茫然失措。

"我从未背叛过你父亲。"她的声音控诉着心灵遭受到的伤害。

"事情就是这样。"劳拉矛头指向她。

"听着！我不想继续和你说下去。我只希望你知道，不管你做什么，你母亲永远会陪着你。虽然我可能觉得丢脸或是心痛，但我永远会待在你身边。"

"这代表认可？"劳拉问。

"再见。"她母亲中断了对话。

劳拉到厨房去关火,咖啡已在炉火上煮沸了好一会儿,幸好只蒸发掉一小部分。她惊讶地发现自己不再心存愧疚,并且罕见地确信,愧疚感永远不会再次现身来阻止她的冲动,也不会让她的生活蒙上阴影。当她把咖啡倒入保温瓶内时,她暗自猜测这一切都应归因于她的母亲。仿佛后者扛起了两人的罪恶,让她可以肆无忌惮地完成命运的要求。她清楚母亲责备字眼的背后,其实隐藏着秘密的鼓励,一种看不见的支持;以精确的力量、以焦虑不安的动作、以不能言传的请求,推动着她踏往被禁止的方向。而支持或鼓励拥有命令的本质。

她打开一盒牛奶倒了些在咖啡里,直到保温瓶满了,又加了十二小匙的糖。她拿着保温瓶来到浴室,将一小管蓝色胶囊药丸的一半倒入保温瓶内,接着把它关紧。她简单探视了一下女儿的睡眠情况,而后拿起钥匙,走到楼上她先生的诊所。

卡洛斯正在打字,看见太太走进来,他停下手边的工作,给了她一个灿烂的微笑。

"已经开始需要咖啡来提神了。"他说。

他流汗异常,头发凌乱;如此一来,让人宁愿欣赏他秃头顶上所绽放出的闪亮。而他的眼神散发出或许是兴奋或许是疯狂的光彩。

"慢慢喝！"劳拉说，"这样才可熬过整个晚上。味道可能不太好，我整瓶都装满了，所以加了很多糖。你就当作喝感冒药水吧！"

回到屋里，她先去确认女儿的睡眠没有受到任何干扰，然后来到客厅关掉电视，打开写字台，拿出承载她所有秘密行动的日记，开始落笔："一切都被允许去做，甚至包括那些不被允许的。被禁止的通常在下面流传，而且被下水道的老鼠吃掉；被允许的则在台面上通行，并被部长们所吞噬。在被允许与被禁止之间存在着易变的距离（意思是说在允许和禁止之间）。很多时候，这距离是可以溶解的，就如毒药溶解于咖啡里（或是咖啡和毒药），一切合而为一。于是令人难以忍受的行为举动被允许在巴西里约热内卢的嘉年华会上出现。节庆一结束，大家纷纷卸下换装或是面具，返回正常生活；日子或许是快乐的也或许是不幸的，但没有伴随警察而来的惊恐。然而，那些缺乏聪明才智或判断能力的人继续戴着面具为所欲为地违法，最后终于被逮捕关进监牢。我想借由这个例子来说明，人有可能旅行至地狱或是造访一家麻风病院，然而邻居和至亲家属却没有人察觉异状。关键在于要有如何回归正常轨道的智慧（或是正常慧智轨道）。明天我将叙述与今天相同的故事，但以让人难以理解的方式书写。问候胡利奥。"[1]

她合上日记并把它收藏在柜子里之后，前往走廊。关灯之前，她改变主意又回到客厅。到电话旁边拨给胡利奥。一个圆润、惊慌和模糊的声音在话筒另一头响应。劳拉握着听筒贴在耳际数秒，然后挂断。

她来到浴室洗脸，擦上乳液，并缓慢地脱掉衣服，裸着身体刷牙后又走回客厅。再度拨电话给胡利奥。当对方接起电话时，她把听筒滑过大腿和臀部，此刻电线那头传来几声无奈的喂喂声。她挂上电话，脸上浮现神秘的笑容。前往卧室，裸着身体进入梦乡。

---

[1] 括号内的文字拆组游戏，同第38页注①。

16

胡利奥星期四到办公室上班时,穿着牛仔裤、蓝色T恤和里卡多·梅利亚送给他的绉纹夹克,脚上穿着白色的休闲鞋和白袜子。

秘书罗莎看着他从面前经过,都没来得及向他说早安。胡利奥在办公桌前坐下,浏览电脑打印出来的这一季畅销书目录。他用铅笔圈出那些已经销售一空的书名,随即拨了内线叫来他的秘书。

"请坐。"他说。

罗莎在桌子对面坐下,把笔记本放在膝盖上准备做笔记。她的头并没有抬起来,感觉似乎不想直视上司。

"你喜欢我的夹克吗?"他问秘书。

"这是截然不同的形象改变。"她笑着回答。

"但是你喜不喜欢,亲爱的?"

"这类皱皱的衣服现在非常流行,除了可以当休闲服也可以当运动服。"罗莎清清嗓音回答。

"你这样认为吗?"胡利奥不太自信地问。

"是的。"罗莎轻松自在地说,仿佛很快便适应了他的新风格,"你穿的夹克也可以搭配单色的衬衫并系上一条咖啡色的领带,这样也会很适合你。"

"呀!但是现在我最想买的是一套绉纹款式的西装和一条皮领带。"

"我不喜欢皮领带,我觉得它看上去有点儿粗俗。"

"有些皮领带很漂亮。"

"没错,但是我就是不喜欢。"罗莎的结论还是不变。

胡利奥点起一根烟,凝视着他的办公室。对方依然坚持己见。

"那个档案柜像棺材一样。"他批评。

"但是很实用。"罗莎辩护着。

"这种窗帘,"胡利奥继续评论下去,"在从前是很优雅,但是现在总让我联想起我父母客厅里的窗帘。"

"若你想更换的话,我可以帮你填张申请表。"

"算了,也许我们可以摆一张小桌子来搭配。"

"随你。"秘书带着气馁也或许是迷惘的语气回答。

胡利奥闭起眼睛,右手托着额头,就像是要恢复脑力的耗损。

"因为我整晚都在写小说。"他说。

"什么？"

"我在写一本小说。"他睁大眼睛说。

"标题叫什么？"

"《在你的名字里失序》。"

"很美的书名。"

"再说吧！可能在另一家出版社出版，这样才不会让人说我滥用职权。"

"你会很快写完吗？"

"视情况而定。我得先解决某件复杂的事情。"他改变了声调，"算了！把这张目录拿去，将圈起来的这些书名申请加印。"

"好的。你有一通发行部主管的电话，要我现在帮你接通吗？"

"不用！不用！明天再谈。告诉他我在开会。对了，罗莎！"

"什么事？"

"你知道我要获得升迁的事吗？"

"有听到过传闻。"

"你要跟我一起调职,还是我得找新秘书?"

"我们之间是终生不渝的。"罗莎笑着回答他,"而且从现在起我可以吹嘘说有一个最时髦的上司。"

胡利奥结束对话,秘书随即离开办公室。他连续两个小时非常有效率地工作,好像新风格的穿着赋予他无穷的活力。他瞄了一下报纸,打了个呵欠,点了根烟,这时他想起了罗莎。她是个平凡普通的女人,不漂亮也不丑,不聪明也不笨。然而,最近她身上开始显露一种神秘的幸运;胡利奥无从诠释,只能说是一种无法以数学的寻常参数去衡量的智慧。他觉得她处理人际关系并非使用一时冲动的自发方式,而是有着经过准确规划的策略,并且总是指向一些确切的利益,虽然并不清楚是哪些。

这时,罗莎报告说总编辑想见他。胡利奥离开办公室,经过走道时引起遇见他的人一阵惊愕。

当他进入总编辑的办公室,对方正和出版集团的总裁在一起,见他如此穿着,顿时惊讶万分。总裁却靠近他伸出手握手寒暄,并说:

"还好,我的主管群里总算有人不是穿西装打领带的了。我不明白,"他看着总编辑说,"整个公司的人都穿着灰色调的衣服。其他公司的主管人员都开始穿着较休闲的服装，比较吻合当今时代的多元风格。"

"胡利奥一直是穿着有点儿前卫的人，但是有时候却太过头了。"总编辑已从讶异中回神。

"像这样的人正是我们所需要的。总之，具有新颖观念、另类穿着、崭新风格的人。"

胡利奥冷静且凝神地听着他们的对话，仿佛对方谈论的是其他第三者。但他清楚他们正谈论着他，只是他属于被谈论的另一边的人。反正，总编辑和集团总裁只能看到舞台布景，而他这样的舞台布景足以博得观众的喝彩声。

"嗯！总编辑已经跟你谈过公司为你安排的新职务了吧！然而，这几天我一直在看你的档案以及你在公司的工作经历，觉得你更适合副总编辑这个职位，而不是原本安排的协调长。未来几年我们将面临尚未清楚来源的竞争威胁，新科技也迫使我们对公司重新规划整合。我们只能成为最优秀的公司，将产品多元化，占领那些迄今为止我们尚未关注的细分市场，才能生存下来。为了应对这一切，我们需要赋予编辑部权力。我们希望成长，却不希望杂乱无序地成长；我们希望赚钱，却不希望以任何随便的价格出版。我们必须审慎规划未来，以成为出版界的翘楚。胡利奥，你将得到我和总编辑的全力支持，提供所有你需要的资源,来帮助你作出正确的判断。我们在你身上下了赌注,希望你不要辜负我们的期望。"总裁发言。

胡利奥瞄了总编辑一眼,发现他对眼下发生的这一切吃惊得目瞪口呆。胡利奥对自己说:再过一年,我就会坐上你的位置,臭婊子养的!

随后他将眼神转到总裁身上,好像要穿透对方的身体,并把目光停驻在感兴趣的另一侧。他以铿锵的声调及理性的语气说:

"近几年来我们完全投入出版事业,我们卖了所有从机器打印出来的成品。然而,诚如你所说的,局势已改变了,而且在未来会有更大的变化。我们无法只将心力集中在发行上,必须关注市场部门,它的结构逐渐在削弱作用。另外,出版的前景也毫无疑问地将与新的赞助和先进的科技结合,并肯定与影像携手合作。我们得达到这样的境界才能生存下去。为此,我们务必要有完善的方案和规划,以避免竞争之下措手不及。我相信这个职位承担着把握整体方向运作的责任;所以,从组织结构的观点来看,我认为把我安插在这个位子上远比先前考虑的单纯协调工作更合理、更有用。任何情况下,我都有自信可以胜任副总编辑的职务。"

总裁似乎对胡利奥保持距离和冷静的态度感到满意，胡利奥甚至没有因为得到职务的任命而致上谢意。胡利奥知道他如此冷漠的感情表达方式只会增加总裁对他的好感，另一方面亦可突显总编辑谄媚的举止。刹那间，他的手中仿佛握有一团模子里刻出来的柔软面团。他非常清楚可以依从自己的意愿处理它，并立即知晓自己心中所想将会实现。与此同时，总编辑仍企图在总裁那里争宠。胡利奥从两人的交谈中发现：奥兰多·阿斯卡拉特并不是总裁所庇护的名字。先前总编辑所说的"来自上面的推荐"，只不过是对方想使诈说服胡利奥罢了。于是，他乘胜追击说：

"当务之急必须处理的事项之一就是评估公司未来几年的企划纲要。我认为里面有些计划并不妥当，只是因袭成规就将它们纳入出版计划，缺乏讨论。如此将导致我们的书目乱七八糟。我指的是奥兰多·阿斯卡拉特的《柜子里的光阴》。"他一面看总编辑一面提出，"我并不是说这本书写得不够好，我个人还为它写了正面的评价报告。然而，作者并没有足够分量让我们在此阶段就为他下赌注。"

总编辑的脸上呈现短暂苍白，赶紧插嘴以便解决问题。

"胡利奥，我完全赞同你的观点。昨天我将原稿带回家去，一整个晚上都在看这本小说。写得不差，但还是不够资格登上我们的书目。今天上午我已经下令不出版这本书了。"

胡利奥点头同意，并轻抿嘴唇。这时那碗汤的味道又浮上来。于是他马上明白，日常生活中最熟悉的事实充满了无数裂缝；而像他这种性情的人，有能力从裂缝的另一侧来观察事物。这些裂缝已被惯例、规范、行为习性等熟练地掩盖住。但是，裂缝偶尔还是会像一道伤痕，或像嘴巴朝上一般，只需通过一碗汤或生命轮回，即可进入迷宫；迷宫内充满通道，并可从通道里将生命如木偶般掌控。

会晤又持续了一个小时，但是没有再谈到其他重要的内容。胡利奥回到他的办公室，把好消息告诉秘书，然后出去吃饭。

他想独自一个人享受自己的成功，也想在街道上散步展示他的牛仔裤、他蓝色的T恤和绉纹的夹克。他心中默想的未来开始炽热起来，他对奥兰多·阿斯卡拉特道声再见：挤进你的柜子！然后在里面的抽屉迷失吧！

他在出版社附近一家高级餐厅吃饭，喝了三杯咖啡和两杯酒。等到站起来要离去时，他觉得有点儿晕眩，以一个外国人的好奇心瞧着外面的街道。他一点儿也不想回去上班，于是当即决定去拜访住在附近的里卡多·梅利亚，分享对方的夹克为自己所带来的幸运。

开门的是里卡多的太太,她穿着一件透明的束腰长袍,但没有要请他进去的意思。

"你好!"胡利奥说。

"你好!"她微笑着说,但笑容似乎并不是针对他的。

"里卡多在吗?"

"里卡多?他已经去丛林了!"

胡利奥考虑了几秒钟后得出结论:她提供的消息与事实并不相符。

"去了哪一个地方的丛林?"他问。

"我不知道,"她回答,"好像是危地马拉那一带的丛林。他从不说的。"

"我可以进去坐一下吗?"胡利奥询问。

她让他进来,走在前头领路到客厅。透明的束腰长袍在她纤细的身体左右摆动;在无数邹褶波浪的里面,她身体的肌肤紧实,带着玫瑰色泽,分布在一个仿佛不属于人类肉体的核心地带。她有一头垂落肩膀的头发。胡利奥在心中发表了对她极其简短的观察评论。

那天的那个孩子也不在家里。胡利奥在很多沙发中选了一张坐了下来。

"我来这附近用餐。"

"是哦!"女人回应。

"我不相信他去了丛林。"他没有改变语气。

"但是他交代我这样跟他的朋友说。"

"我不是他的朋友,"胡利奥说,"事实上我和里卡多之间一直对彼此存在某种成见。我们一辈子都躲着对方,直到那一天。而且我发现他对我隐瞒了一些事。"

"好吧!既然你不是他的朋友,"女人以非常直接扼要的方式说,"那就让你知道吧!他现在在住院,可能要走了。已经做了三个月的化疗。像这样的病,不是发生在很年轻的时候,就是在四十岁左右,属于急性症状,一种暴发性疾病,会急速摧毁健康。"

她双手掩面轻轻啜泣,看上去像是一个被长者责骂的小女孩。她垂落的秀发显而易见很完美。

"里卡多总是很笨拙地与疾病打交道。"胡利奥并不明白自己为何这样回应。好像有人早已费尽心思拟好答案,然后利用他的嘴巴说出来。

在她双手尚未从掩面的容颜移开时,他连忙站起来走了出去。

街道给人新奇的感觉,特别是当你想象在它们冷酷的表皮底下，无数的脉动干线川流不断，包括天然气、腐臭的动物尸体、电流；此外，还有下水道、老鼠及负责维持这个表皮成为圈套陷阱的工人。

胡利奥心想自己没有罹患此疾病是何等幸运。他觉得里卡多·梅利亚的病是天数，是一种彩券，他们这一代的人都持有不同的彩券号码。若有人中奖了，其他人就没有机会了，因而可以侥幸地逃过一劫。他真是幸运的人。运气真是懂得选人，里卡多跑得太快了：太多小说、太多旅行、太多金钱、太多成功，等等。因而他得付出代价。"所以必须要像我这样不疾不徐地往前行，才不会惹怒运气。"

一阵温柔的微风掠过，顿时为空气注入些许清新。"我应该要回那件风衣，因为对里卡多来说，已经穿不到了。"

商店的橱窗搔首弄姿，秀出美丽。

17

隔天是星期五，胡利奥毫不眷恋地从床上爬起来。他因为近日接连发生的事件而兴奋异常。他很期待与心理医生约诊的时间，好将这一切一五一十地告诉卡洛斯·罗多医生。尽管劳拉再三告诫最好不要见面，胡利奥还是想在看诊之后到公园绕一下，看是否可以幸运地遇到她。

整个上午他都在为副总编辑的新办公室选购家具，并以一种不可思议和难以捉摸的方式与罗莎嬉笑玩闹。于是她的眼眸里开始闪烁回应的光彩。

昨天下午为了庆祝自己没有中和里卡多一样的"奖"，他买了一件蓝绿相间的大格子薄夹克，里面搭配一件灰色不规则领口的宽松衬衫。下半身则是牛仔裤及一双休闲运动鞋。

他在贝尔加拉王子大道的一家咖啡馆吃了三明治，喝了好几杯啤酒。饱食之后，他前往卡洛斯·罗多医生的诊所，开始想象当对方看到他穿着风格的转变时，会露出的诧异表情。他停在路边一个橱窗前，伫立于自己的影像面前，好几秒后才辨认出现在的模样。他把自己的这般反应理解为好的征兆，心想，为了享有成功的果实，一个人必须扮演与自己有些出入的角色。他与一位肩膀上坐着一个小孩的男人错身而过。双方靠近时，他说：

"一个坐在他父亲肩膀上的男孩，从来不会达到登峰造极的境界。"

男人微笑一下，不予理会继续往前走。胡利奥想起了儿子，心中于是有些懊悔；但是愧疚感随即被将提供给儿子一个美好未来的承诺所取代。如今他将赚取更多的钱，而且也免除了和里卡多一样的不幸命运。

在卡洛斯·罗多的诊所里，医生本人并没有出现。一个眼皮下垂、前额宽大的人请他进去，告诉他卡洛斯·罗多医生已于星期二凌晨去世，死于心脏衰竭。和他的金丝雀一样。那个人还说，他是罗多医生的同事，如果胡利奥愿意继续治疗的话，可以与他约诊。

"我们的专业是同一路线。"那个人说。

胡利奥脑海浮现两个心理医生在"同一路线"里工作，忍住想笑的欲望。

"我有幻觉的问题。"胡利奥说。

"哪一种幻觉?"眼皮下垂的医生问他。

"听觉的幻觉,一种迷惑,让我失去思索事物本质意义的能力。若您给我名片,我考虑几天,也许再打电话跟您联络。"

"没有问题。"

"况且这类情形有时候会自行好转。再说吧!"

胡利奥走出诊所来到街上,将名片扔进垃圾桶。先前几天的预感已经由这次的死亡得到证实。他莫名地感到喜悦,于是想尽快回家,看看是否有劳拉捎来的讯息。

公寓里头有些闷热,他脱掉衣服光着身子,并倒了一杯加了很多冰块的威士忌。在书桌前坐下,拿起一张稿纸慎重地以漂亮的字迹写下:《在你的名字里失序》,胡利奥·奥尔加斯著。

他想,随着心理医生的死亡,一切都简单化了。他想开始写作,这时候电话响了,是劳拉打来的。

"胡利奥,"她平静地说,"我先生过世了。"

"所有的人都在消失,"胡利奥说,"我的朋友里卡多·梅利亚、我的心理医生——现在是你的丈夫。我为你难过,虽然我心里其实是很高兴的。"

"胡利奥,"劳拉继续以同样平静的语气说,"我不能与你多谈,因为我妈妈和女儿都在旁边。今晚十一点半左右来我家,那时伊内丝已熟睡,我再将一切详情告诉你。"

胡利奥抄下地址,却没有察觉到她家地址与心理医生诊所相同。

整个下午饱受迷宫内接踵而来的刺激所折磨;偶尔这些兴奋事件亦同时影响他的情绪。喝了第三杯威士忌后,他打开电视,躺在沙发上睡着了。梦里他观察着那位"想象的作家"(他本人),作家正在稿纸上书写既迷人又复杂的剧情故事:《在你的名字里失序》。内容叙述病患和医生太太共同将心理医生谋杀,对方在垂死之前将事实揭露出来。

晚上十点他醒来,觉得肚子很饿。他打开一个罐头,站着将它囫囵吃完,然后去洗澡、刮胡子;最后穿上了里卡多的时髦夹克出门。

他十一点半准时到达劳拉住处,这也是心理医生诊所的地址。不容置疑地,良知从那些裂缝的某一处,不时地在现实既光滑又粗糙的表层乍现。在电梯里他心想,事情有些蹊跷。

劳拉亲了他一下,把他带到客厅并暗示他把声音放低。她说:

"小女孩睡了。"

两个人面对面坐着,彼此凝视了好长一段时间;眼波负责将丰沛的爱情流量循环于两人身上,如同永恒借由流过河床通向爱情之途。劳拉脸色有些苍白,笑容像是一位坠入凡尘天使的模样。没有人想先开口。于是劳拉站起来,走到写字台处拿出收藏她秘密的日记。

"你念这里!是我今天早上丧礼后写的。之后就会对一切恍然大悟。"她说。

胡利奥阅读她所指的这部分日记,一点一滴地慢慢确认他先前即已知晓的事实:劳拉就是卡洛斯·罗多的妻子——她爱上了胡利奥——于是决定将丈夫谋杀掉。重点并不是将丈夫当作障碍铲除,主要是证明她的意愿在爱情的天平里可以到达什么程度。

"但是这些文字将提供线索,我们会被发现的。"胡利奥说。

"不会的,你不必担心,"她笃定地说,"他连续几天都处于强烈的压力之下。因为工作量过多,吃了比平常剂量更多的安非他命和镇定剂。他已经好几年都得依赖这些药物,只是他始终不肯承认罢了。他在楼上诊所写一份报告时心脏衰竭。保温瓶里的药物剂量加速了他的死亡。是我发现的他的尸体，在通知他医院的一位同事之前，我已经先把保温瓶清洗干净。他们怀疑卡洛斯孜孜不倦的高效工作是因仰赖这些药品。我也认同这套说辞。为了他们之间的友谊，也为了不要让将给他新职的市政府因丑闻难堪，他们开的证明是心脏衰竭致死。如今他已入土为安，我们不会有任何被怀疑的危险，亲爱的。"

胡利奥僵于茫然的围墙里，他被现实竟然可以依照利益需求而如此轻易地被操纵所惊吓。他想，这是特雷莎的杰作，是特雷莎·萨格罗的杰作；现在她佯装扮成寡妇为我前来。在沉吟了片晌之后，他说：

"但是，这一切，是我要写的小说《在你的名字里失序》的情节。"

"亲爱的，因为我们的爱情故事就像小说一样有戏剧性。"劳拉说话时将双腿交错，简洁有力地挑逗。

"谋杀竟然这么容易！"他说。

"为爱杀人是很容易的。"她得出结论。

两人促膝长谈了整晚，但是并没有抚摸彼此。黎明到来时，他们已经一次又一次地倾吐爱情，却仍然不厌倦彼此的告白。这时劳拉说：

"你现在该走了。我不希望我女儿醒来看见你在这儿。"

我们拥有一辈子的时间。"

"整整一生！我的爱！属于我们的还有其他人的一辈子啊！整整一生啊！"胡利奥亢奋地说。

当他走到街上，天已经亮了。他自言自语地说：玫瑰红的曙光！这样的用词！这样的人生！一切是如此奇妙！我没有罪恶，也没有罪恶的记忆；我们仅仅是模子里刻出来的形态多变的面团罢了。而形态多变（proteica）这个字的来源是修补（presis）；若非经过修补的程序则是所谓的抄袭。然而，这是什么样的爱情啊！劳拉与我的爱情是什么模样啊！这是什么模样的小说啊！

他将车停在住家大楼门口附近。一个清洁工一边握着大扫把清理人行道一边吹哨着某首旋律。胡利奥走近他。

"对不起！您吹的是什么曲子？"他问。

"先生，我吹的是《国际歌》！"清洁工回答他。

胡利奥的五脏六腑都为之灿笑。他打开大楼门，走进电梯按了住处楼层的按钮。此时他深深笃信，当他抵达公寓，将会发现书桌上摆着一本彻底书写完毕的小说手稿，上面列着书名：《在你的名字里失序》。

爱与虔诚

（代译后记）

所有的爱，必将虔诚相遇，而相遇之后，是否依然虔诚？

我想，有的爱，永远是爱；有的虔诚，也永远是虔诚。

因而，在最喜爱的城市——巴塞罗那——我翻阅着一直携带的爱：年少。呢喃着一直笃信的虔诚：年少会伴随我在生命的每个角落，在地球的每个方寸，对我说："原来你在这儿"……

是啊！在翻译米利亚斯这本《在你的名字里失序》时，年少前来翻搅心情。特别是这两年来，我以为我背叛了"他"……在异国生活的这几年，我，我变成一个年少陌生的成年人，一个我不清楚"他"是不是希望成为的成年人。翻译的过程中，米利亚斯带领我溯回逝往。每一回都让我惊觉，"他"竟然如此包容背叛的我。在西班牙文与中文两种文字的转化过程中，我也在现在的成年与过去的年少之间穿梭。穿梭间，我只是不断地与呢喃对峙……

就像米利亚斯小说里反复出现于主角胡利奥耳际的《国际歌》，一首与他的过去同声相应的旋律。气息里是年轻的憧憬与梦想。旋律在光阴里绵延，却也分隔光阴：过去与当下的胡利奥。即使在成年后，背离了年轻曾经忠实的信仰，在生活赐予的某个分秒，或是在街头放落的某个步履，乍然记起、骤然听到、突然浮现那首年轻曾经歌咏的乐章，心弦依然澎湃不已。而总得说上那一句："原来你在这儿。"谁对谁说，已经都不重要。

于是，这股悸动，永远是爱，永远是虔诚。不管你是不是仍然维持当初那时的你。你，在与当初相遇的刹那，回到当初的你。

就像小说里，米利亚斯交错两个爱恋女子的容颜一样：过去的特雷莎与现在的劳拉。时空彻底转化了，表面上人物也转化了；然而，爱在转化的过程，维持叫作"爱"。因而，胡利奥可以重复去爱。

是啊！爱可以重复去爱。递虔诚问：那是不是一样的爱？是不是爱得相同？

或许小说中的胡利奥只是在执行"爱"这种感觉。我们是不是只是在爱"爱"这种感觉？于是，当对某人的"爱"

不再有感觉时，爱不再是爱了。

因而，我想，有的爱，不再是爱；有的虔诚，也不再是虔诚。爱与虔诚在岁月光阴里彷徨、失措、惊恐、伤痛、落寞。不知道是否继续再爱，继续再虔诚下去。于是，虚幻如现实，现实如小说，小说如创造，创造如模拟，模拟如写真，写真如人生，人生如虚幻……

我还是在"所有的爱，必将虔诚相遇，而相遇之后，是否依然虔诚？"之中流转又流转……尽管成年的我深深疑惑，还是愿意相信，生命里，总是有个影像，是永远的爱，是永远的虔诚。

那个影像不是影像，而是一切无限的可能……一生一世与你缠绵厮守……

  献给
  允许我恣意任性的爸妈
  和
  诸罗山城的年少

  戴毓芬
  二〇〇六年四月于巴塞罗那